Attirances contraires

NISHA ET CAETERA
Les Éditions de l'Opportun

sont éditées par les Éditions de **l'Opportun**
16, rue Dupetit-Thouars
75003 Paris

www.editionsopportun.com

Direction éditoriale : Stéphane Chabenat

Éditrice : Zoé Laboret

Mise en pages : Nord Compo

Conception graphique de la couverture : 2Li

EUGÉNIE DIELENS

Attirances contraires

Prologue

Quelques années plus tôt…

Les mains tremblantes, je laisse tomber le tisonnier au sol dans un bruit fracassant, comme le bruit qui fend le silence d'un film d'horreur. Mes yeux rencontrent les siens, ceux d'un homme coupable du pire, qui sait que ses actes l'ont mené à cette fin. Une larme solitaire roule le long de ma joue, et je sens mon cœur se briser face à ce visage si familier. Il allait commettre l'irréparable… Et pour l'en empêcher, j'ai agi de la même manière.

Jamais je ne me le pardonnerai.

Je place une main devant ma bouche pour étouffer un sanglot lorsque l'horreur de la situation commence peu à peu à prendre place au fond de moi, comme une blessure trop profonde pour être guérie, l'adrénaline ayant à présent fui mon corps. Mon regard se pose sur le petit lit près du corps étendu… Et mon attention se porte sur la petite fille en pleurs, ma petite sœur, spectatrice d'une scène à laquelle elle n'aurait jamais dû assister.

Je m'approche d'elle en deux enjambées, et je la prends dans mes bras sans hésiter, nous détournant de ce spectacle macabre que je ne pourrai plus jamais me sortir de l'esprit. J'emmène ma petite sœur jusqu'à la sortie de la chambre, et avant d'en franchir le seuil, je jette une dernière œillade vers celui qui n'est à présent plus qu'une coquille vide.

Un dernier regard et un au revoir éternel.

Imane se cramponne fermement à moi, ses mains serrées autour de mon cou, et je la serre en détournant les yeux, nos sanglots se mêlant au silence pesant qui nous entoure. Je ne veux pas qu'elle se sente seule, je ne veux jamais plus la voir souffrir. Je suis là, et je la protégerai quoi qu'il en coûte.

Il allait la tuer, et il serait ensuite passé à moi… Comment aurais-je pu réagir autrement ?

Je n'avais pas le choix…

Mais la réalité est là, implacable : j'ai tué un homme.

Partie 1
Beth

« Ce n'est pas la souffrance de l'enfant
qui est révoltante en elle-même,
mais le fait que cette souffrance
ne soit pas justifiée.
La souffrance use l'espoir et la foi. »

— Albert Camus

Chapitre 1

Adossée contre l'un des murs de la fac, j'observe les étudiants sortir un à un, portant un œil critique sur tout ce qui m'entoure. Je profite encore un peu du calme avant de rentrer et de retrouver la réalité. Ils passent et me saluent pour la plupart d'un mouvement de tête discret auquel je réponds poliment, en réalité peu concernée. Mon regard finit par se porter sur l'Anglaise, Anna, celle-ci même qui a tout ce que je désire sans n'avoir fait aucun effort. Elle sourit et a l'air plus heureuse que jamais, entourée de son mari et de leur fille, mais ce n'est pas cette image de famille parfaite que je jalouse… Non. C'est cette opulence, toute cette richesse dont ils sont propriétaires, qui pourrait sauver tellement de vies… Et qui pourtant ne sert qu'à leur bonheur égoïste.

Je finis par me redresser afin d'arrêter de contempler ce schéma trop parfait, presque douloureux lorsque je vois à quel point leur vie est facile, comparée à la nôtre. J'attrape mon sac au sol et je me dirige vers mon scooter sur lequel je grimpe avec aisance, et je démarre sans un regard en arrière avant de m'élancer dans les rues d'Édimbourg à une vitesse bien supérieure à ce qu'il faudrait. Mais j'aime trop la vitesse pour réduire… Elle me procure une adrénaline, qui me donne l'impression d'être enfin complètement vivante, libre, et de ne plus penser à toutes les galères qui parsèment ma vie.

Malheureusement, le moment de quitter cette bulle d'air frais finit toujours par arriver, et je quitte mon vieux scooter pour rejoindre la maison, là où la vraie vie m'attend. Je déverrouille la porte d'entrée et jette mes affaires sur le côté, près du meuble à chaussures et rejoins le salon où patiente ma grand-mère, un bol de sucreries à la main. Je rentre chaque soir avec la seule idée d'être à ses côtés, car elle est la personne la plus importante de ma vie, celle pour qui je fais tout ce que je fais, sans me poser de questions.

— Mamita ! On avait dit plus de sucre ! la réprimandé-je.

— Basta *niña* ! Si je dois mourir, autant que ce soit le ventre plein, rétorque-t-elle.

Elle me sourit d'un air innocent, mais je lui retire tout de même le bol des mains. Son caractère têtu a beau m'amuser plus que de raison, elle est complètement inconsciente. Je ne négligerai pas sa santé alors qu'elle comme moi savons qu'elle peut se passer de ce genre de cochonneries. Je pars jeter le tout dans la poubelle de notre petite cuisine et je reviens avec des médicaments plein les mains, son traitement du soir. Insuffisance cardiaque, diabète, ostéoporose... Ma grand-mère est sûrement atteinte de plus de problèmes de santé que la moyenne, et malheureusement, il est dur de payer les factures. Nous n'avons pas les moyens de subvenir aux soins qui permettraient de prolonger sa vie de façon confortable, mais je fais tout pour la soulager. Nous avons déjà hypothéqué la maison afin d'en faire le plus possible, et j'espère que mon salaire couvrira une partie du reste...

— Tu restes avec moi ce soir, *niña* ?

Je secoue doucement la tête en lui souriant avant de lui tendre sa tasse de thé vert, son préféré, pour qu'elle avale ses gélules.

— Non, je dois aller travailler. Ça va aller toute seule ?

Elle acquiesce, un sourire scotché aux lèvres, comme toujours, et je finis par rejoindre ma chambre pour me préparer. Je fourre mon uniforme minimaliste à la va-vite dans mon sac à dos et je redescends à toute allure jusque dans l'entrée.

— Je ne serai pas rentrée avant deux heures du matin. Ton repas est déjà prêt, tu auras juste à le réchauffer.

— Merci, *niña*.

— À ce soir, Mamita.

Je l'embrasse sur le front et je sors de la maison avec cette même boule au ventre qui me suit chaque soir lorsque je dois aller bosser. Je déteste mon travail, mais je n'ai pas le choix. Je suis la seule à pouvoir subvenir à nos besoins, et ma grand-mère a trop besoin de ces soins médicaux pour que je puisse me permettre de faire la difficile sur mon job. Elle est la seule personne qui compte à mes yeux et je ne peux pas l'abandonner.

Je conduis jusqu'à mon lieu de travail à vive allure, sachant pertinemment que je suis déjà en retard. Je me gare rapidement et de travers sur le parking des employés et je cours aux vestiaires dans lequel je me change rapidement avant de rejoindre mes deux collègues, notre uniforme incroyablement gênant sur le dos.

— Bon dieu Beth. On a cru que tu n'arriverais jamais ! se plaint ma collègue.

— Problème à la maison. Excusez-moi.

Erine me sourit gentiment, toujours aussi compréhensive. Même si je n'apprécie pas mon travail, je ne peux pas nier qu'ici au moins, je peux être moi-même. Nous avons toutes des problèmes d'argent, et il n'y a aucun jugement, contrairement à la fac où je dois perpétuellement garder la face. Nous ne sommes pas amies, nous ne nous sommes même jamais vues en dehors des heures de travail, mais nous nous soutenons entre collègues et c'est agréable. Je me tourne ensuite vers Sacha pour lui sourire et tenter de la réconforter, et je la découvre dans son coin, toute tremblante. C'est son premier soir, et elle semble terrifiée.

— Est-ce que ça va aller ? demandé-je.

— Oui. J'ai juste peur de rater.

Elle n'a que vingt-et-un ans et est déjà obligée de s'exposer aux yeux de tous… Je ne peux que comprendre sa panique, ayant également commencé très jeune. *Quand il faut, il faut.* Je m'approche d'elle afin de m'accroupir à son niveau, et je lui serre l'épaule dans un geste qui se veut réconfortant.

— Ça va aller. On reste ensemble, et au moindre problème tu viens me voir, OK ?

Elle hoche vivement la tête, mais je vois bien dans son regard que rien ne va. Sacha se lève d'un pas incertain, et nous rejoignons nos barres de pole dance respectives pour débuter notre show quotidien sous les yeux de notre patron. Ce n'est pas le bar le mieux fréquenté, loin de là, les clients tentent souvent d'être entreprenants malgré le règlement qui l'interdit, mais tant qu'il m'aide à payer les factures, je ne peux pas me plaindre.

Lorsque les premières notes retentissent, nous nous mettons toutes les trois à danser en rythme, exécutant un numéro longtemps répété, et nos clients réguliers s'attroupent peu à peu autour de chacune de nous. *Que le spectacle commence…*

La règle est simple : ils regardent, mais ne touchent pas. *Jamais.* Et je crois que c'est quelque chose qui me rassure, la seule chose qui me permet de tenir une soirée entière. Le regard des clients est souvent dur à supporter, et évidemment, quelques malins tentent leurs chances, leurs mains baladeuses se frayant parfois un chemin, mais je sais comment les recaler. Je suis prête à beaucoup de choses pour aider la seule personne qu'il me reste, mais pas à me prostituer.

Alors que ma tête se retrouve vers le sol, j'aperçois un visage qui ne m'est pas inconnu s'approcher de moi, les yeux rivés sur mon corps. L'espace d'une seconde, je reste figée, les jambes enroulées autour de la barre, avant de me reprendre. *Tant pis s'il me voit.* De toute façon, ma réputation n'est plus à faire, je suis la pauvre garce que tout le monde déteste. Ça ne fera que rajouter du grain à moudre à leurs critiques. *Ces gens ne valent pas la peine que je me soucie de leur avis.*

Smith, un mec de ma fac, se pose devant moi et me regarde avec un sourire en coin, moqueur, comme toujours, mais lorsque mon regard croise le sien l'espace d'un bref instant, je sais qu'il n'est pas dans son état normal. *Les mecs désespérés, j'en vois tous les soirs.*

— Depuis quand un gars comme toi traîne dans ce genre de bar ? soufflé-je en me redressant.

Il a sûrement assez d'argent pour ne jamais avoir à travailler. Il est le cousin d'un grand homme d'affaires à Édimbourg, il pourrait se payer un show privé plutôt que de s'emmerder à venir ici. *Les gens comme lui ne mettent pas les pieds ici, habituellement.*

— Depuis que ma vie est merdique, répond-il sérieusement.

Je fronce les sourcils sans pour autant arrêter mes mouvements, sentant le regard de mon patron peser sur nous, comme chaque soir. *Hors de question que je prenne un avertissement.*

Si je devais utiliser un adjectif pour décrire la vie de Smith, ce ne serait certainement pas « merdique ». Tout le monde sait que les deux femmes pour qui il a eu des sentiments ont préféré son cousin à lui, mais il y a tellement plus grave dans la vie. Alors si pour lui, sa vie est merdique, j'aimerais le voir rendre visite aux familles les plus défavorisées. Ce mec devrait regarder autour de lui pour se rendre compte qu'il y a bien pire.

Je fais le choix de ne pas lui répondre, indifférente, et je continue de danser en faisant abstraction de son regard d'acier sur mon corps. *Il y a longtemps, peut-être que son charme m'aurait conquise.*

Smith finit par glisser un billet de cent livres dans ma direction, et je le fixe, surprise. *Putain.* Ce genre de pourboire va me permettre d'acheter les médicaments pour cette semaine, c'est une aubaine. Il est sérieux ?

— Tu es strip-teaseuse ? demande-t-il alors que je fixe le billet comme un trésor.

Je serre la mâchoire face à sa question, habituée à ce qu'elle me soit posée. Une erreur que les gens font bien trop souvent et qui m'horripile…

— Non. Je suis danseuse de pole dance.

Il lâche un rire dédaigneux à l'entente de ma réponse, ne voyant sûrement pas la différence entre les deux. *Pourtant, pour moi elle est flagrante.* Mais peu importe, je ne suis pas payée pour faire la conversation. Je commence à amorcer un crochet arrière lorsque je remarque un type un peu trop proche de Sacha – et le patron ne fait rien. Lorsque le client essaie de toucher ma collègue, je suis déconcentrée et perds mon équilibre, tombant lourdement sur ma cheville. Je pousse un gémissement plaintif, mes mains encerclant le haut de mon pied pour calmer la douleur qui se répand dans mes membres, sans pour autant quitter la nouvelle des yeux.

Mon regard croise celui désapprobateur de mon patron, mais je m'en moque, trop occupée à surveiller le pervers près de Sacha. *S'il la touche, je le dégomme.* Smith se précipite vers moi, mes autres clients se déplaçant vers mes collègues sans même se soucier de ma chute, profitant des autres show.

— Ça va ? Ton patron ne devrait pas réagir ? me questionne Smith.

— Il n'en a rien à foutre, et tu devrais pas t'en occuper non plus. Va plutôt voir la nouvelle qui danse et vire le vieux.

Il me jette un regard inquiet dont je ne veux pas et va s'occuper du responsable de ma chute pendant que je masse ma cheville qui commence déjà à enfler. Mon patron se dirige vers moi, les mains dans les poches et les mâchoires contractées.

— On peut savoir ce que tu as foutu, Beth ?! s'énerve-t-il.

— C'est une malheureuse chute… Je vais reprendre. Je peux le faire.

Il claque sa langue dans sa bouche et me fixe d'un regard sévère, les sourcils froncés et la mâchoire crispée. *Quel connard. Seul son business l'intéresse.*

— C'est des conneries. Tu t'es blessée. Je ne veux pas perdre une danseuse mais je ne prendrai pas le risque de devoir payer pour un accident.

— Non. S'il te plaît. J'ai besoin de ce boulot.

Je ne suis pas du genre à supplier, pourtant je sais m'incliner lorsque c'est nécessaire, et je ne peux pas perdre mon travail. Mais comme je m'y attendais, il secoue la tête avant de lâcher son verdict :

— Je suis désolé mais je ne peux pas prendre de risque.

Il s'en va ensuite vers son bureau sans un regard de plus pour moi, me laissant assise près de ma barre, complètement désespérée. *Je viens de perdre ma seule source de revenus… Il ne me reprendra jamais.* Je tourne la tête vers Sacha qui semble avoir au moins la paix, et je lâche un soupir de soulagement en découvrant que ma chute n'a pas été vaine. Mon attention se porte ensuite sur Smith qui se dirige vers moi à petite foulée pour s'accroupir à ma hauteur. Il attrape ma cheville d'un mouvement lent et regarde avec attention alors que je le dévisage. *Il fout quoi, là ? Il veut qu'on joue au docteur ?*

— Il faut t'emmener à l'hôpital, déclare-t-il.

— Non !

J'ai répondu trop vite pour que ce ne soit pas soupçonneux, mais quelle importance ? Je ne peux pas faire ça, j'ai déjà du mal avec les frais médicaux de ma grand-mère, je ne peux pas m'en payer pour moi, et je refuse de risquer un arrêt maladie, parce que je ne pourrais pas trouver un autre travail. Pourtant Smith ne l'entend pas de cette façon et me soulève pour m'emmener aux vestiaires et me poser sur l'un des bancs. Je grommelle, lui adressant une flopée d'insultes bien senties. *Il s'est pris pour qui ?!*

— Si tu oses me reporter, je te jure que je te broie les noix. Compris ?

— Je ne te laisse pas le choix. Arrête d'être une emmerdeuse, pour une fois. Où est ton casier ?

Je secoue la tête sans lui répondre et il trouve mes affaires seul grâce à l'étiquette à mon nom, puis cale mon petit sac sur son dos avant de tenter de me porter à nouveau, sans succès.

— Je ne veux pas de ton aide, je t'ai dit.

— Je ne laisserai pas une personne blessée traîner seule au milieu de gens bourrés. Prends un truc pour t'habiller et on y va.

Il me jette un regard noir en me tendant mon pull que j'enfile pour cacher mon corps découvert. Smith arrive à m'entraîner malgré mes protestations, mon corps appuyé contre le sien, puis il sort par l'entrée de service et rejoint un gros 4x4 dans lequel il me dépose avec délicatesse, le regard pourtant dur.

— Je t'ai dit que je ne voulais pas aller à l'hôpital ! T'es sourd ou quoi ? Tu comptes me kidnapper peut-être ?

— Et moi je t'ai dit que tu n'avais pas le choix. Alors, tu préfères quoi ? Rester seule ici sans avoir la possibilité de rentrer ou me laisser t'emmener à l'hôpital ?

Je grommelle puis me résigne et attache ma ceinture, tandis que Smith prend place derrière le volant, sachant pertinemment qu'il est aussi têtu que moi. Je n'ai toujours aucune intention de me payer des soins médicaux… Je lâcherai Smith à l'hôpital et je prendrai un bus de nuit s'il n'accepte pas de me déposer chez moi. *Mais ça, il n'a pas besoin de le savoir.*

— On n'est pas amis, tu n'as pas à m'aider. Dépose-moi en ville et ça ira, tenté-je tout de même.

Smith me jette un regard noir l'espace d'une demi-seconde avant de reporter son attention sur la route, la nuit étant déjà bien tombée à cette heure-ci. Je prends quelques secondes pour observer son visage tendu, et je ne peux pas m'empêcher de penser à l'époque où lui et moi étions… presque proches. On a passé une nuit ensemble… Une longue nuit qui s'est effacée aussi vite qu'elle est arrivée.

Je le connais depuis des années, et nous n'avons jamais été amis, justement parce que nous sommes incapables de nous entendre à cause de nos caractères trop similaires. C'était un moment d'égarement, mais je serais une piètre menteuse si je disais qu'il n'est pas à mon goût. Des cheveux bruns bouclés, un regard gris bleu qui me fait penser à l'océan lors des jours nuageux… Sans compter son mètre quatre-vingt-cinq qui ne le rend que plus imposant et attirant. *Mais plus jamais je ne me laisserai aller avec lui. Ce genre d'homme ne peut rien m'apporter de bon, et je refuse d'accepter son aide.*

— Je ne suis peut-être pas la meilleure des personnes, mais je ne suis pas assez con pour te laisser là alors que tu es blessée, répond Smith après de longues secondes. Alors amis ou non, on va aller à l'hôpital pour s'assurer que tout va bien et je te déposerai chez toi.

Blessée. Je ne le suis pas, si ? Ce n'est qu'une foulure. Une bonne nuit de repos, et tout sera en ordre…

— Pourquoi tu bosses ici ? poursuit Smith, visiblement bavard.

Je lève les yeux au ciel, déjà agacée par ses questions. Nous ne venons pas du même monde. Il a grandi dans une famille aisée, j'ai grandi seule avec ma grand-mère et mes souvenirs. Il ne sait pas ce que c'est d'être en situation de précarité, de ramer chaque fois pour réussir à assumer des traitements médicaux en plus des factures et des courses… Et je ne suis pas sûre qu'il le comprenne un jour, lui qui adore montrer à quel point sa vie est facile à coup de grosse voiture et de fêtes dans son immense baraque.

— Parce qu'on n'a pas tous autant de fric que toi. Et c'est pour ça que je ne vais pas aller à l'hôpital.

Un sourire étire ses lèvres et une fossette se creuse du côté visible de son profil, et je serre les poings, sachant pertinemment qu'il se fout de ma gueule une fois de plus. *Il ne sait faire que ça.*

— Je m'occuperai de la facture, déclare-t-il. Comme tu l'as dit, j'ai du fric, ça ne me tuera pas.

— Hors de question ! Tu gardes ton argent, je n'en veux pas !

Tout n'est qu'une question de fierté. Je ne veux pas qu'il joue au chevalier servant avec moi, je suis grande et indépendante. S'il m'avait dit qu'il comptait aider ma grand-mère, j'aurais évidemment mis de côté mes scrupules… mais il est hors de question qu'il m'avance sur ce coup-là. Il est du genre à aider pour ensuite demander un service en retour… *Service que je ne lui rendrai pas.*

— Je te l'ai dit : tu n'as pas le choix.

Il se gare devant l'hôpital et contourne la voiture avant de m'ouvrir la portière, le regard plus sérieux que jamais, et je croise les bras devant ma poitrine en le dévisageant, un sourire moqueur aux lèvres.

— Tu crois vraiment que je vais te suivre et t'écouter, Smith ?

Il pose une main sur ma cuisse et je l'observe, un sourcil haussé. *Il joue à quoi là ?*

— C'est marrant, j'ai le souvenir que le côté autoritaire ne te dérangeait pas…

— Va te faire foutre.

Il lâche un rire rauque avant de se reculer, et je me détache pour quitter l'habitacle, avec la ferme intention de ne pas rentrer dans ce bâtiment. Mais lorsque ma cheville rencontre le sol, je lâche un gémissement de douleur et me rattrape de justesse à la portière. *Bordel !* Un rire résonne parmi le brouhaha de l'hôpital, et je relève la tête pour fusiller Smith du regard.

— Ça t'amuse ? lâché-je amèrement.

— Beaucoup, oui. Pour quelqu'un qui prétend ne pas avoir besoin de soin, tu sembles avoir mal… Alors, on y va ? Je t'ai dit, je m'occupe des frais, tu n'as aucune excuse.

Smith s'approche de moi jusqu'à me tendre la main, et après de longues secondes à la fixer, je le laisse faire. C'est difficile à avouer, mais il a raison. Sans soins, je ne vais jamais pouvoir reprendre le boulot, et j'en ai bien trop besoin… Je le laisse me soulever jusqu'à me caler contre lui, et je soupire lorsque nous pénétrons dans l'hôpital. *Dans quoi je me suis encore embarquée ?*

Je grommelle lorsque Smith me dépose sur l'un des sièges de la salle d'attente, et il s'occupe de se diriger vers le guichet pour récupérer les papiers. Je jette un œil à mon téléphone, avisant l'heure tardive, puis je ferme les yeux et laisse ma tête tomber en arrière. *Pourquoi tout ne pourrait-il pas être plus simple ?* En quatre longues années, je n'ai jamais chuté. J'ai toujours fait très attention, et voilà qu'il a suffi d'une petite seconde d'inattention pour que je me blesse… Et me foute dans la merde.

— Tu dors ? demande Smith

— Oui.

— Donc tu parles en dormant ?

— C'est ça. Et c'est mauvais de réveiller un somnambule.

J'ouvre un œil pour lorgner le sourire moqueur de Smith, et celui-ci me tend la feuille recto verso que je suis censée remplir. Une fois fait, l'homme à l'accueil les récupère, nous laissant en tête à tête avec Smith le temps que je sois appelée.

— C'est la première fois que tu te blesses au boulot ? finit-il par dire pour rompre le silence.

Je souffle, résignée à n'avoir que Smith pour compagnie.

— Oui. Je fais toujours attention pour éviter ce genre de merde... dis-je en regardant ma cheville.

Je masse celle-ci, le regard dans le vide. Une blessure, c'est un arrêt de minimum deux semaines. Et deux semaines représentent presque sept cents livres de pourboires, sans compter mon salaire. Smith s'apprête à renchérir, mais une femme s'approche de nous en souriant, me prête des béquilles pour me permettre de me déplacer seule et nous guide jusqu'à une salle d'examen. Je ne bronche pas en voyant Smith me suivre, sachant pertinemment que je ne peux pas faire la difficile, car je suis ici grâce à lui...

— Que vous est-il arrivé ? demande la médecin.

Je n'ai pas le temps de répondre que Smith me devance.

— Elle a fait une mauvaise chute en dansant. Elle n'arrive plus à marcher.

Je lui jette un regard mauvais, mais je laisse la femme me tripoter la cheville, qui me brûle atrocement.

— Pas d'inquiétude. Ce n'est qu'une petite foulure, elle est juste à vif pour le moment. On peut faire une radio si vous le souhaitez, afin d'être sûrs ? propose-t-elle.

— Non ! m'empressé-je de répondre.

— Oui, dit Smith en même temps.

Je lui fais les gros yeux, lâchant un rire sidéré, mais il s'en moque et se tourne vers la femme.

— Oui, elle va faire une radio, répète-t-il.

Elle nous tend un papier pour le service radiologie, et j'attends d'être sortie de la salle pour me tourner vers Smith.

— Merci pour ton aide, mais je n'ai pas besoin d'une radio. Comment te faire comprendre que ça va ?

— Tu n'as qu'à pas le dire, ça te fera économiser de la salive. Je paie, donc ne t'inquiète pas.

Je secoue la tête, la mâchoire crispée, et j'avance sans un regard de plus pour lui. Il ne vaut pas la peine que je m'énerve pour lui alors que ma soirée a déjà été suffisamment merdique. Il veut que je fasse une radio ? On va en faire une, puis je rentrerai chez moi.

Heureusement pour nous, je suis vite prise en charge et après quelques clichés de ma cheville, je rejoins la salle d'attente. Smith se pose à côté de moi, son regard fixé au mien, l'air soucieux, et je détourne les yeux pour ne pas avoir à subir son jugement. *Je veux juste oublier cette soirée.*

— Je n'aurais jamais pensé que tu avais des soucis financiers aussi importants.

J'ai envie de rire. Évidemment que personne ne le voit. Je ne veux pas de la pitié des gens. La plupart pense que je galère entre la bourse et les frais scolaires, comme n'importe quelle étudiante, alors qu'en réalité, le problème est bien plus profond… Mais je refuse de lui parler de ma vie.

— Et alors ? Ça ne te regarde pas.

Il me sourit légèrement en secouant la tête et fixe son attention sur la porte par laquelle arrive un homme, une radio à la main.

— Rien de cassé, comme vous l'a dit le médecin, ce n'est qu'une foulure. Mais vous allez avoir besoin de quatre semaines de repos forcé et une semaine sans appui. Le médecin vous a fait un certificat de travail et une ordonnance pour une attelle et des béquilles, dit-il en récupérant celles prêtées.

Il me tend tous les papiers en souriant mais Smith les lui prend des mains avant que je ne puisse récupérer la facture. Je n'ai pas la force de rétorquer, assimilant la signification de ce diagnostic… *Quatre semaines.*

— Je passe à la pharmacie de garde et je te ramène chez toi, décide-t-il sans me demander mon avis en m'aidant à me relever et à marcher.

Cette fois-ci non plus je ne refuse pas, bien trop paniquée par ce que signifient ces quatre semaines d'arrêt. *Un mois de salaire.* Je vais perdre un mois de salaire pour une malheureuse chute, et je ne peux rien faire pour changer les choses… Je rejoins la voiture en compagnie de Smith, l'esprit dans les vapes, cherchant une solution pour réussir à mettre de côté ce mois-ci. Je vais sauter les repas du midi, et je vais revendre mes livres de cours… Peut-être que je pourrai aussi vendre mon scooter. Il y a des solutions pour au moins amoindrir nos dettes… Je ne veux pas croire que cette blessure puisse gâcher des années d'effort.

Bien trop perdue dans mes pensées, je ne remarque même pas que Smith quitte la voiture pour rejoindre la pharmacie, et je ne relève la tête que lorsqu'il revient, me tendant l'attelle en souriant, des béquilles déjà posées sur la plage arrière.

— Ça te soulagera. Je te donnerai les béquilles tout à l'heure.

— Merci… soufflé-je.

Il reprend la route sans un mot après m'avoir demandé mon adresse, et nous arrivons assez vite chez moi. Je le remercie une dernière fois en regroupant mes affaires, n'ayant pas la tête à dire autre chose, puis, alors que je m'apprête à descendre de la voiture, Smith attrape mon bras pour me retenir.

— J'ai quelque chose à te proposer, lâche-t-il.

Je le fixe d'un regard méfiant, sourcils froncés. *Il ne pouvait pas être juste gentil… Évidemment.* Smith n'est pas du genre à rendre service comme ça, je le savais.

— Si c'est d'ordre sexuel, c'est non.

Il me détaille des pieds à la tête avant de secouer la tête pour me répondre par la négative.

— Pas du tout. Tu devrais savoir que je ne suis pas comme ça, Beth. Je triple ton salaire si tu me rends un service pendant une semaine, est-ce que la proposition t'intéresse ?

Tripler mon salaire ? Bon sang.

J'ouvre et referme la bouche, perplexe, avant d'inspirer profondément. Il m'offre la solution dont j'avais besoin sur un plateau d'argent… Je ne peux pas ne pas écouter… Je m'enfonce dans le siège de sa voiture et je le fixe, les bras croisés contre ma poitrine.

— Je t'écoute.

Il se passe une main dans les cheveux, soudain mal à l'aise, et je fronce un peu plus les sourcils. *Qu'est-ce qu'il mijote encore ?*

— Mon père a décidé de faire une réunion de famille. Il y aura Liam, Anna, et leur fille.

Je hoche la tête, ne voyant pas bien en quoi cela me concerne. Il n'aime peut-être pas son cousin, mais Liam reste de sa famille, ce n'est pas lui qu'il déteste. Je sais que son vrai problème, c'est Anna, il avait flashé sur elle il y a quelques années, mais elle était déjà amoureuse de son futur mari, à l'époque. Le pauvre va devoir supporter leur bonheur… Et même si je compatis sincèrement, je ne peux rien faire pour lui.

— Et en quoi ça me concerne ? demandé-je.

Il plante ses yeux dans les miens, me fixant d'un regard intense.

— Je ne veux pas y aller seul, je pense que tu sais pourquoi. Si tu acceptes de te faire passer pour ma copine et de m'accompagner pendant ces quelques jours à Dundee, je t'aiderai financièrement. Joue la comédie, et tu auras un gros chèque.

Ma respiration s'accélère et mon estomac se noue en comprenant l'étendue de sa proposition, mon regard toujours planté dans le sien. Je devrais jouer sa petite amie en échange d'argent... Argent qui nous est vital. Suis-je vraiment prête à jouer les escortes pour subvenir à nos besoins ? Peut-être bien. Après tout, ce ne serait que pour une semaine... *La nuit porte conseil, je crois que je vais avoir besoin de réfléchir...*

Chapitre 2

J'ai passé la nuit à tourner dans tous les sens, l'esprit trop embrouillé pour rejoindre les bras de Morphée. J'ai réfléchi à la proposition de Smith, même si je ne comprends pas pourquoi il ne demande pas à quelqu'un d'autre. Si mon rôle consiste uniquement à jouer sa copine durant quelques jours, je pense que c'est jouable, encore plus avec un gros pactole à la clé. Je ne suis pas en position de faire ma tête de mule, et c'est bien pour ça que j'ai accepté d'aller boire un café avec lui afin d'en discuter plus en détail.

Il m'a donné rendez-vous juste avant les cours dans un café près de la fac. Il m'a bien proposé de passer me chercher en voiture, mais j'ai prétendu qu'un taxi allait me conduire. En réalité, j'ai fait le trajet en béquille… Et mes mains en feu me maudissent d'avoir un caractère trop entêté pour accepter l'aide de quelqu'un. Assise seule au milieu du café, je tape nerveusement des doigts sur la table tout en avisant l'horloge toutes les cinq secondes. *Dans huit minutes, il arrive. Je dois me détendre.*

— Je peux vous servir quelque chose ? me questionne le serveur, un garçon de la fac.

Il me sourit poliment, très professionnel alors qu'il ne m'adresse jamais un mot à l'université.

— Non merci, c'est gentil.

Ce ne serait pas raisonnable, ce sont des livres gâchées… Alors même si j'en meurs d'envie, je ne me laisserai pas tenter. Je relève la tête lorsque j'aperçois la porte s'ouvrir du coin de l'œil, espérant que ce soit Smith, mais je suis déçue de découvrir Anna et sa fille. Elle tient sa gamine dans ses bras et j'ai le malheur de la voir s'approcher de moi et me sourire. *Pourquoi ne peut-on pas me foutre la paix ?* J'ai beau lui avoir envoyé toutes les vacheries du monde lorsque nous étions en cours ensemble, elle reste toujours positive et insouciante. Elle ne se rend absolument pas compte que je ne peux pas l'encadrer avec sa vie parfaite, car elle est centrée sur sa petite existence bien rangée… *Mais à sa place, je ferais peut-être la même chose…*

— Salut Beth. Tu es toute seule ? me questionne-t-elle.

La petite gigote dans les bras de sa mère adoptive pour descendre et Anna la pose au sol sans me quitter des yeux, gardant cet air bienveillant sur le visage.

— Non. J'attends quelqu'un, dis-je froidement.

Elle n'a pas le temps de répondre que sa fille monte sur mon fauteuil et attrape doucement mes cheveux. Je souris en observant ce visage enfantin, innocent, la laissant jouer avec mes longues mèches bouclées sans avoir le cœur de l'éloigner. *Autant la laisser profiter avant qu'elle ne grandisse et comprenne que tout n'est pas rose…*

— T'as vu ? On a les mêmes cheveux !

Je lâche un rire amusé face à Charline, puis je pose mon regard sur sa mère, un sourcil haussé en ne la voyant rien faire pour récupérer sa fille. Anna finit par tendre les bras à la petite et celle-ci ne se fait pas prier.

— Désolé. C'est sa période coiffure et je crois que tes cheveux la passionnent, plaisante Anna.

— Alors achète-lui une tête à coiffer, rétorqué-je.

Le visage de l'Anglaise se décompose, ne comprenant visiblement pas le sarcasme, puis elle me sourit par politesse avant de tourner les talons pour rejoindre une table avec son gnome. *Encore une qui ne comprend pas l'humour.*

Je soupire de soulagement lorsque la porte s'ouvre enfin sur Smith, les mains dans les poches, l'air décontracté, jusqu'à ce que son regard se pose sur Anna et sa fille. Elle le remarque aussi et l'observe durant de longues secondes avant de se reconcentrer sur Charline, ce qui laisse Smith en profiter pour détourner les yeux.

Il s'approche de moi à grands pas, la mâchoire crispée à vue d'œil. J'ouvre la bouche pour le chambrer, mais avant que je n'ai pu faire quoi que ce soit, ses doigts viennent s'entrelacer aux miens. *Il est tombé sur la tête ?!*

J'écarquille les yeux et reste figée, surprise par son geste, et lorsqu'il fixe Anna droit dans les yeux, je comprends bien vite que tout ceci est encore l'une de ses mascarades pour garder la face devant elle. *Quel con.* Je lui jette un regard meurtrier en même temps qu'il s'assoit tranquillement comme si de rien n'était, et mon sang bouillonne dans mes veines.

— Utilise-moi encore une fois comme ça et je te refais la face, compris ?

Il sourit un peu plus, à moi cette fois-ci, amusé par ma répartie.

— Rentre tes griffes, chaton.

Je souffle d'agacement face à son ton condescendant qui me donne envie de le baffer et je pose mes mains à plat sur la table, un air sérieux sur le visage. Je ne suis pas ici pour ses beaux yeux, mais pour discuter. *Quoique, ses beaux yeux sont un plus.*

— Si j'accepte ta proposition, je t'interdis formellement de m'embrasser ou d'avoir des gestes déplacés. On est bien d'accord ?

Dans tout contrat, il faut savoir s'affirmer dès le début au risque de se faire marcher dessus. Smith rit doucement, se moquant sûrement de ma condition tout en continuant de jeter quelques coups d'œil réguliers à la famille de son cousin.

— Non, tu n'auras pas besoin de m'embrasser. Sauf si tu le veux… Dans ce cas, on pourra s'arranger.

Il me dévisage d'un air amusé et je lui présente mon majeur. Quoi qu'il se soit passé entre nous par le passé, ce n'est plus d'actualité. J'ai laissé tomber les coups d'un soir qui apportent bien trop d'ennuis, et Smith fait partie de ces ennuis. Un peu plus de la vingtaine, plus que canon… mais une source d'ennui tout de même. Je veux que tout ceci reste purement de la comédie.

— Bon. Admettons que j'accepte… commencé-je.

Smith reprend un air sérieux, m'observant avec attention.

— Je veux plus que le triple de mon salaire.

S'il pensait que je ne négocierais pas… c'est qu'il ne me connaît pas. Si je peux faire en sorte que tout ceci puisse aider ma grand-mère pour plusieurs mois, je ne laisserais pas passer ma chance. Alors que je m'attentais à ce que Smith me rembarre et m'abandonne seule ici, il se contente de sortir une enveloppe de sa veste et me la tend discrètement.

— Je me doutais que tu demanderais plus. Si cette somme te convient, nous avons un accord.

J'attrape l'enveloppe avec méfiance, puis je l'ouvre sous son regard intense. Je retourne ce qui me semble être un chèque… Et lorsque mon regard se pose sur la somme inscrite, la mâchoire me tombe. *Il est sérieux ? Il vient vraiment de m'offrir… ça ?* J'espérais quatre mille livres au grand maximum, ça m'aurait permis de subvenir aux besoins de ma grand-mère durant deux mois et demi, le temps que je reprenne le travail… Et il m'offre plus d'une année de tranquillité sur un plateau. Je relève la tête vers lui, la bouche entrouverte, alors qu'il continue de sourire.

— C'est une plaisanterie ?

— Non. Cet argent est à toi en échange de ces quelques jours. Tu vas devoir y mettre du tien, en revanche. Pas de regards meurtriers ou de répliques cinglantes.

Je hoche la tête sans broncher. Je peux bien jouer les amoureuses transies pour trente mille livres… Qui ne le pourrait pas ? Je plie soigneusement le chèque en deux afin de le glisser dans mon portefeuille, et je me reconcentre sur lui, prenant les choses bien plus au sérieux que lors de mon entrée dans ce café.

— J'ai quelque chose à signer, je suppose ?

Il acquiesce et sort discrètement une pochette cartonnée qu'il me tend pour que je la range, ce que je fais tout de suite. Je préfère qu'un accord nous lie, si les conditions sont justes. Ce sera au moins l'assurance que tout ceci est réel, et qu'aucun de nous ne se défilera.

— Prends le temps de le lire. Il faudra que tu me le rendes signé jeudi au plus tard.

Jeudi. Ça me laisse deux petits jours... Et telle que je me connais, j'en aurais déjà lu plusieurs fois les conditions dès ce soir.

— Et quand est-ce que nous devrons partir ? le questionné-je.

— Lundi prochain, annonce-t-il.

Dans moins d'une semaine, la comédie commence.

Je note dans mon calendrier virtuel la date de notre départ, avant de croiser les mains sur la table. J'ai beau saisir ce qu'il cherche à faire... je ne comprends pas pourquoi il s'obstine avec Anna. Quoi qu'il fasse, cela ne changera jamais ce qui est arrivé dans sa vie. Sa première copine a fini par se marier avec son cousin, avant de décéder en couche, et la seconde, pour laquelle il avait complètement craqué, a fini par se marier à ce même cousin devenu veuf, et a adopté Charline. Il n'a aucune chance d'obtenir ce qu'il désire... Et ce n'est clairement pas avec cette comédie que cela changera.

— Tu sais, même si ton but est de la rendre jalouse, tu n'auras jamais ta chance... Elle est amoureuse de lui, Smith, dis-je en suivant son regard jusqu'à leur table.

Il détourne le regard pour le poser sur moi et me sourit tristement, bien conscient que j'ai raison. Je sais que derrière tout ce sarcasme et cette assurance se cache un mal-être profond, je ne suis pas aveugle. *Et je le vis assez moi-même pour le reconnaître…*

— Je le sais, souffle-t-il. Je veux juste paraître moins seul que je ne le suis, ne serait-ce qu'aux yeux de mon père, qui préfère son neveu à moi.

Sur ces mots il se lève et arbore de nouveau une expression neutre en me tendant la main pour m'aider à me lever, mais je la refuse. J'ai déjà assez de deux béquilles pour me maintenir… Mais il ne recule pas sa main pour autant.

— Si tu veux qu'on croie à notre histoire de couple, ça ne coûte rien de commencer à partir de maintenant, tu ne crois pas ?

Je lève les yeux au ciel et prends sa main à contrecœur, focalisant mes pensées sur ce gros chèque qui repose sagement dans mon sac. Smith me maintient contre lui avant de me tendre ma paire de béquilles, et il glisse mon sac sur son dos en souriant avec espièglerie. *Pour peu, je le croirais galant…*

Il adresse un signe de la main à Anna, et je sais que son seul but est d'attirer l'attention sur nous, avant que nous sortions du café ensemble. J'attends de clopiner sur quelques mètres pour lui poser la question qui me brûle les lèvres.

— J'ai juste une question, Smith. Pourquoi moi ? Tu aurais pu demander à n'importe qui…

Il me jette un regard amusé, comme si ma question était stupide.

— Premièrement, aucun risque que tu t'accroches comme une sangsue.

— Je suppose que c'est un compliment… grommelé-je.

— En effet, rit-il. Et puis même si les gens te trouvent méchante et blessante à cause de ton sarcasme, personnellement je trouve ça amusant. Tu rendras ma semaine moins chiante. Et troisièmement, t'as l'air désespéré. Je suis sûr que cet argent tombe à pic.

Je lui jette un regard mauvais, mais je ne le contredis pas pour autant. Il a raison, je suis complètement désespérée, et j'aurais de toute façon accepté cette proposition malgré ma conscience qui me poussait à décliner. Quand on est dans le besoin, si un moyen de s'en sortir se présente refuser est impossible, car c'est le seul espoir qu'il vous reste, peu importe la proposition.

— Il faudra que tu passes chez moi dimanche, reprend Smith.

Je m'arrête au milieu de la rue, essoufflée à cause de cette conversation et des béquilles, et je toise Smith avec interrogation.

— Et pourquoi ?

— Tu ne peux pas jouer ma petite amie si tu ne connais rien à ma famille. Il faut bien que je t'en dise un minimum.

Je soupire, sachant parfaitement que je vais devoir écouter Smith me parler de sa vie, même si ce sujet est soporifique. Je vais devoir retenir des prénoms et faire comme si j'avais entendu parler d'eux, parce que c'est ce qu'est censée savoir une petite amie, non ? Je vais devoir être polie, ne pas leur rentrer dans le lard comme j'aime le faire, et me tenir à carreau. En résumé ? Être tout sauf moi-même. *Mais quelle importance, pour trente mille livres, je m'en moque.*

— On prendra ma voiture pour y aller, poursuit-il. Je pense même qu'on partira le dimanche soir directement pour y être avant les autres, si ça te convient.

J'acquiesce, m'apprêtant à aborder le dernier sujet délicat. Si je pars quelques jours, il me faut quelqu'un pour s'occuper de ma grand-mère. Elle commence à perdre la tête et ne saura pas gérer seule ses médicaments. Sans une aide à domicile, je ne pourrais pas accepter de partir avec lui.

— Ça me va. Mais j'aurais besoin de quelque chose d'autre…

— Dis-moi.

Il me regarde, soudain méfiant, et il a raison de l'être ; je le serais à sa place. Je ne vais pas lui demander de décrocher la lune, mais je peux comprendre que de son point de vue, j'ai l'air d'une profiteuse…

— Il faudrait qu'il y ait une personne qui passe chez moi tous les jours pour s'occuper de quelqu'un.

Smith me dévisage longuement, arrêté au milieu du trottoir, et je ne comprends pas son regard écarquillé jusqu'à ce qu'il ouvre la bouche.

— Tu as des enfants ?

— Mais ça va pas bien la tête ?!

Ma voix est devenue aiguë à cause de la surprise. Des enfants ? Moi ? Mieux vaut, pour le bien de l'humanité, que je me tienne loin de ces gnomes. *Je suis un danger pour eux.* Smith paraît soulagé, ses épaules se détendent, et il fronce un peu plus les sourcils.

— Alors c'est pour qui ?

J'hésite à lui répondre. Personne ne connait ma vie privée à la fac et je ne sais pas si je peux lui faire confiance. Aucun n'a mon adresse ou ne sait que je vis seule avec ma grand-mère… mais après tout, je lui dois bien la vérité en échange de son aide précieuse.

— Ma grand-mère. Elle est malade et a besoin d'une aide à domicile quand je ne suis pas là.

J'avance à nouveau vers la fac, essayant d'ignorer Smith. Je ne veux pas de sa pitié envers elle. Mamita est tout ce qu'il me reste et je veux prendre soin d'elle moi-même. Pourtant il pose une main sur mon épaule pour m'arrêter et me fixe étrangement, alors que mes paumes sur les poignets de mes béquilles me brûlent.

— C'est pour elle que tu fais tout ça ?

Je hoche la tête en essayant de ne rien laisser paraître. Je ne crois pas qu'il y ait de honte à s'occuper des gens qu'on aime… Mais c'est une faiblesse que les autres pourraient exploiter. Je n'ai aucune confiance en l'humain. Lorsque quelqu'un trouve votre point faible, s'il veut un jour vous blesser, il l'utilisera à votre encontre. Quoi de plus logique ? Les gens utilisent les armes à leur disposition, mais je ne serai pas celle qui leur donnera les balles pour les charger.

— Pourquoi ? continue Smith.

Sa question me paraît étrange. Je ne vois pas pourquoi je devrais avoir une raison de le faire… Elle m'a élevée, sans jamais rien demander en retour, elle a supporté tout ce qui a pu arriver dans nos vies et m'a pardonnée, c'est normal que je sois là pour elle, c'est ce que l'on fait lorsqu'on aime quelqu'un… Mais il n'a pas besoin de savoir tout ça.

— Attention, Smith. À être trop curieux, je vais finir par croire que tu m'apprécies…

Il éclate de rire, ses yeux plissés lorsqu'il me dévisage, et je ne peux m'empêcher de sourire. *Peut-être que cette semaine ne sera pas un si gros calvaire.*

— Ne prends pas tes désirs pour la réalité, chaton.

— Et toi, appelle-moi encore une fois comme ça et tu le regretteras.

Smith ne prend même pas la peine de faire semblant d'avoir peur, il se contente de sourire tout en me toisant avec moquerie après m'avoir rendu mon sac.

— Mmh. Tu as jusqu'à dimanche pour t'entraîner à être plus convaincante que ça… se moque-t-il.

Il presse le pas pour me devancer après que je lui ai présenté mon majeur, et il me renvoie un dernier sourire en coin avant de pénétrer dans l'université. Je reste figée au milieu de l'entrée, avec pour seule compagnie mes béquilles. *Comédie ou non, cette semaine risque d'être haute en couleur.*

Chapitre 3

Je place les dernières boîtes de nourriture au frais avant de me diriger vers le salon pour rejoindre ma grand-mère. J'ai évité Smith toute la semaine, sauf lorsque j'ai dû lui rendre le contrat. Court et concis, il ne m'a fallu que deux lectures avant de le signer. Les termes sont simples : je m'engage à jouer sa petite amie durant un délai prédéfini, une semaine, en échange de trente mille livres, et je ne peux en aucun cas révéler notre arrangement au risque de rompre notre accord. Le contrat aussitôt signé, Smith m'a autorisée à encaisser le chèque, et j'ai déjà bloqué une bonne partie de l'argent pour gérer notre budget comme il le faut. Nous avons, grand-mère et moi, au minimum une année de tranquillité devant nous, et cette constatation me rend sereine.

Je m'approche en clopinant de ma grand-mère, un verre d'eau à la main en m'appuyant légèrement sur mon pied même si je ne devrais pas, et je le lui tends pour qu'elle prenne ses médicaments. Elle les avale d'une traite et me tend le verre en retour ; je le dépose sur la petite table près d'elle, celle qui lui sert à ranger ses innombrables livres de romance qui lui permettent de passer le temps.

— L'aide à domicile devrait arriver d'une minute à l'autre, précisé-je.

— Tu es sûre que nous avons les moyens ? Je peux me débrouiller seule pendant que tu aides les autres…

Ma grand-mère ne sait pas la vraie raison de mon départ. C'est écrit dans mon contrat, mais je n'ai surtout pas envie qu'elle sache ce que je suis prête à faire pour elle… Parce que je sais qu'elle tenterait de m'en empêcher. Alors je lui ai dit que mon patron profitait de mon arrêt maladie pour que je forme Sacha, la nouvelle danseuse, et que j'allais devoir passer quelques jours chez elle pour éviter les déplacements, à cause de ma cheville.

— Ne t'inquiète pas, j'ai travaillé ce qu'il faut pour avoir de côté. Ça va aller ?

— Arrête de t'occuper de moi, Beth, et va-t'en. On t'attend autre part.

J'acquiesce, le cœur serré à l'idée de la laisser quelques jours, et je l'embrasse sur le front avant de la quitter, mon sac sur le dos et mes béquilles à la main. Je sors de la maison pour rejoindre le taxi que Smith m'a envoyé – et je n'ai pas décliné, cette fois-ci – et celui-ci me conduit jusqu'à chez lui dans un silence religieux.

Demain, nous serons ensemble aux yeux de sa famille. Et même si je ne doute pas que jouer la comédie ne sera pas la chose la plus difficile, partager ces quelques jours avec un coup d'un soir a quelque chose de déroutant. Je vais devoir partager sa chambre pour parfaire l'illusion, et même si je ne compte pas partager son lit, je ne peux pas nier que tout ceci est déstabilisant. *J'ai déjà craqué une fois…*

Lorsque le taxi s'arrête face à une grande maison moderne, je sais déjà que je suis arrivée. J'en ai vu l'extérieur plus d'une fois, en grande partie parce que tous les fêtards de la fac y sont un jour allés, sauf moi, qui ai soigneusement fui tous les gens avec qui j'ai pu un jour avoir une histoire, courte ou non. J'ai décidé que je préférais être seule plutôt qu'avec des gens qui ne m'apprécient pas, même si cela voulait dire faire une croix sur ma vie étudiante. Du coup, je n'ai jamais découvert l'intérieur de sa maison, mais rien qu'à voir les grandes baies vitrées, je ne doute pas que tout doit être impressionnant.

Une fois descendue, le taxi repart aussitôt, et je progresse sur les graviers avec mes béquilles, faisant attention à chacun de mes pas pour ne pas tomber. J'appuie sur la sonnette une fois à la hauteur de la porte, et après de longues secondes d'attente sans la moindre réponse, je pousse la porte en soupirant. *Il me donne rendez-vous sans prendre la peine de venir ouvrir ? Vraiment ?*

Je pénètre dans une grande pièce à vivre, déposant mon sac à dos au sol, et j'observe un énorme canapé d'angle face à moi avant de lever les yeux au ciel lorsque mon regard se pose sur un écran plan gigantesque. *Il ne sait rien faire à moitié…*

— Smith ?! crié-je.

Mais personne ne me répond. Alors je continue ma progression jusqu'à me retrouver face à une porte vitrée donnant sur un gazon parfaitement tondu et une terrasse en carrelage gris. Je fronce les sourcils en découvrant Smith accroupi, dos à moi, et lorsqu'il s'écarte, j'écarquille les yeux en découvrant ce qu'il cache devant lui. Un petit chiot est sagement assis, sa queue bougeant dans tous les sens, et lorsque l'animal m'aperçoit, il fonce droit vers la vitre et je lâche un hoquet de surprise lorsqu'il fonce droit dedans.

Je me précipite à cloche-pied et ouvre la porte-fenêtre, lâche mes béquilles et m'accroupis devant le chiot.

— Eh, ça va pépère ? dis-je en caressant la tête toute douce de l'animal un peu sonné.

— C'est une femelle, évite de la blesser dans son égo. Tu ne connais pas l'existence des sonnettes ? raille Smith à présent à ma hauteur.

Je relève la tête en levant les yeux au ciel, et Smith sourit de façon provocante, comme à son habitude.

— Figure-toi que j'ai sonné, mais que tu es trop sourd pour m'entendre.

Il lâche un rire rauque et je détourne les yeux pour me reconcentrer sur la petite Cane Corso qui se frotte à mon attelle.

— C'est ta chienne ? demandé-je à Smith.

— Oui, Nala. J'ai un ami qui tient un refuge, et vu que personne ne voulait l'adopter étant donné qu'elle est sourde, je me suis sacrifié, plaisante-t-il.

— Se sacrifier ? Je veux bien me sacrifier pour une bouille pareille.

Je souris en tentant de me relever, et Smith ramasse mes béquilles pour me les tendre.

— Il faut croire que tu as un cœur, finalement… Qui aurait cru que tu aimerais un être vivant sur cette planète ? rétorque-t-il.

— Haha. Hilarant. Tu en as d'autres comme ça ?

Je lève les yeux au ciel et je laisse Smith passer devant moi, sa chienne sur les talons, de peur que celle-ci ne vienne jouer dans mes béquilles. Alors seulement, je les suis et je n'attends pas que Smith me propose de m'asseoir pour me laisser tomber dans son canapé.

— On commence ? le questionné-je alors qu'il remplit une gamelle de croquettes.

Il ne me répond pas tout de suite, se contentant d'attraper une pile de pochettes cartonnées et de me les tendre. Je fronce les sourcils en découvrant des noms qui ne me sont pas inconnus. Anna, son cousin, leur fille… Je relève la tête vers Smith, les yeux écarquillés.

— Tu plaisantes ? Tu as des dossiers sur toute ta famille ? T'es quoi… un psychopathe ?

Il rit comme si ma remarque avait quelque chose d'humoristique. Pourtant, ça n'a rien de drôle, je déteste le fait que ce genre de personne puisse avoir le pouvoir d'en savoir autant sur des gens… Ça me donne l'impression que la sphère privée est bafouée.

— Non. J'ai juste demandé au détective de ma famille de te les préparer pour mieux t'aider.

— Un détective ? Et tu vas me dire qu'il a fait des recherches sur moi ?

Au fur et à mesure qu'un sourire amusé barre son visage, le mien devient livide. *Est-ce que c'est une mauvaise blague ?!*

— Putain, mais tu rigoles ! Ça veut dire que tu savais tout ! Pour ma grand-mère, mon boulot… tu t'es bien foutu de ma gueule !

— Et alors ? se défend-il. Ça a marché. C'est ce qui compte, non ? Tu as ce que tu voulais, moi aussi, peu importe comment c'est arrivé.

— Mais bordel, tu n'es vraiment qu'un abruti !

Je me lève en balançant ces dossiers sur sa table basse et je récupère mes béquilles pour sortir de cette maison. J'ai besoin d'air, et surtout, besoin de m'éloigner de lui. *Comment j'ai pu coucher avec un type pareil ?!*

— Mais je n'ai jamais caché comment j'étais, Beth, dit-il en se plaçant face à moi, le visage fermé.

Je fulmine intérieurement, mon sang ne fait qu'un tour et je tente de contrôler ma respiration trop rapide. Si cet argent n'était pas si vital pour nous, j'aurais tout envoyé valser. S'il y a bien une chose que je ne tolère pas, c'est que l'on me mente ou que l'on se permette de me manipuler. Sans plus attendre, je le contourne pour atteindre l'entrée et reprendre mes esprits.

— Je peux savoir où tu vas ? me demande Smith.

Il est sur mes pas et s'approche de plus en plus de moi, alors je tente d'accélérer malgré le fait que je ne peux pas m'appuyer sur ma cheville endolorie. Mais avant que je n'aie pu atteindre la porte, Smith se place face à moi et m'arrête, plaquant ses mains sur mes épaules.

— Lâche-moi, ordonné-je.

— Il me semble que je t'ai posé une question.

— Et alors ? Ça va te tuer de ne pas avoir ce que tu veux pour une fois ?

Je lui jette un regard noir qu'il me rend bien. Un sourire narquois finit par apparaître sur son visage et il me fixe intensément, ses mains resserrant un peu plus sa prise.

— On part maintenant, annonce-t-il.

— Pardon ? On ne devait partir qu'après dix-sept heures !

Il sourit un peu plus et me lâche pour prendre mon sac à dos toujours dans l'entrée et va la charger dans la voiture alors que je l'observe, la porte d'entrée à présent grande ouverte.

— Je peux savoir pourquoi on devrait partir dès maintenant ?

— Simple précaution pour que tu ne changes pas d'avis, explique-t-il.

Je lâche un rire mauvais en le dévisageant. Il s'est assuré que je ne changerais pas d'avis avec ce contrat, comme je me suis assurée que cet argent était bien à nous. Il me retient de cette façon, et il devrait savoir qu'aussi désagréable soit-il, je ne pourrai pas me défiler, pour le bien de ma famille.

Smith passe dans le salon pour récupérer les dossiers sur sa famille et les charger dans le coffre, puis il prend son sac, un sachet de croquettes et une laisse. Son chiot se précipite à la voiture et Smith l'aide à grimper sur la banquette arrière avant de revenir vers moi, un sourcil levé.

— C'est pour aujourd'hui ou pour demain que tu vas bouger ? Même Nala est déjà en voiture.

— Tu me compares à ta chienne ? lâché-je froidement.

Il s'écarte de mon chemin en souriant, et je le dépasse en soufflant d'agacement.

— Je te préviens, Smith, si tu veux qu'on y croie, tu as tout intérêt à arrêter ce genre de remarques, sauf si tu ne tiens pas à tes bijoux de famille, dis-je en m'installant à l'avant.

— Tu peux faire tout ce que tu veux à mes bijoux de famille, sauf du mal. Maintenant, attache-toi et profite du voyage pour lire les dossiers.

Je serre les dents et je le repousse avant de lui claquer la portière au nez. Je ne comprends pas comment j'ai pu me laisser aller avec lui, à l'époque. Il n'était certes pas aussi railleur, mais son caractère n'a pas bien changé… Je me suis laissé avoir par une attirance purement physique, aujourd'hui bien cachée sous l'agacement qu'il m'inspire. Je ne dis pas que je suis facile à vivre, loin de là, mais nous deux ensembles, sous le même toit ? *Ça risque de faire des étincelles.*

* * *

Je me réveille en papillonnant doucement des yeux, courbaturée à cause d'une mauvaise position dans la voiture. Après avoir lu chacun des dossiers attentivement, j'ai préféré dormir plutôt que d'avoir à supporter le silence pesant. Il n'a pas encore compris que je suis réveillée, alors j'en profite pour l'observer tant qu'un rictus moqueur ne déforme pas son visage. Parfois, j'ai l'impression qu'il se cache derrière ses vacheries, exactement comme je le fais… Mais je n'arrive pas à comprendre ce qu'il pourrait cacher… *Comme il ne s'imagine sûrement pas ce que je cache.*

— La Belle au bois dormant est-elle réveillée ?

— Oui, mais je n'ai vu aucun prince charmant dans les parages, rétorqué-je.

— En même temps, j'ai cru comprendre que tu préférais les princesses ces derniers temps…

Pendant quelques longues secondes, je le dévisage sans savoir quoi dire, puis j'éclate d'un rire sonore qui résonne dans la voiture et réveille la chienne à l'arrière.

— Je ne pensais pas que tu écoutais ce qui se disait de moi.

— Les filles parlent beaucoup, tu sais. Ton histoire avec Améthyste n'est pas passée inaperçue.

Je soupire en repensant à cette période. Je connais Améthyste depuis aussi longtemps que Smith. On est sorties ensemble pendant un temps, avant que tout ne s'arrête. Cette relation ne me convenait pas, mais j'aurais au moins tenté. Elle a été l'une des dernières personnes avec qui je suis sortie avant de mettre fin à tout.

— Les gens parlent trop alors que ça ne les regarde pas, réponds-je simplement.

Il me jette un coup d'œil mi-amusé mi-intrigué, visiblement curieux que je développe.

— Donc tu as changé de bord ? Après avoir connu mon lit, c'est surprenant…

Je ne peux pas empêcher un rire de m'échapper. Il devrait faire attention avant que sa tête ne passe plus les portes.

— Comment veux-tu savoir que le chocolat est ce que tu préfères si tu n'as pas goûté d'autres bonbons ? J'ai goûté, pour, finalement, me rendre compte que j'aimais autant les bonbons que le chocolat.

Smith ne dit plus rien pendant le peu de trajet qu'il nous reste, et il finit par se garer devant une grande bâtisse encore plus impressionnante que la sienne. Je descends sans l'attendre et j'avance à cloche-pied jusqu'à devoir lever la tête pour apercevoir le toit, en admiration face à cette maison tandis que le chiot de Smith court dans l'énorme jardin clôturé. *Qui aurait cru que des personnes vivent vraiment dans ce genre d'endroit ?*

— Elle est belle, non ? lâche Smith dans mon dos.

Je ne me retourne même pas vers lui, continuant d'observer cette architecture victorienne. Ce n'est pas pour rien que je veux devenir archéologue, l'histoire gravée dans les objets, les murs ou les constructions me passionne, et une maison telle que celle-ci regorge sûrement de détails anciens… Je sors mon portable pour prendre une photo, voulant au moins profiter de cette semaine pour admirer un lieu pareil. Je vois Smith me dépasser avec nos sacs et je le suis jusqu'à l'intérieur. Les pièces sont démesurées et décorées de façon… ancienne et bourgeoise. Ce genre de maisons est ce que j'aimerais visiter si je voyageais, mais pas là où j'aimerais vivre, même si je profite tout de même de toutes les œuvres qui m'entourent. *Peintures, vases anciens, moulures… C'est un repère d'œuvres d'art.*

— Viens je vais te montrer la chambre. On visitera après, m'invite Smith. Besoin d'aide pour les escaliers ? propose-t-il.

Je secoue la tête, sourcils froncés face à son air sincère. Il semble tendu, son regard allant dans tous les sens, jusqu'à ce qu'il reporte son attention sur moi.

— Non merci, c'est gentil. Je vais me débrouiller.

Je lui adresse l'ombre d'un sourire en remerciement, et je le laisse passer devant moi avant de le suivre avec difficulté. Des tableaux anciens, des portraits, ornent les murs de l'escalier, et alors que mon regard s'accroche au tableau suivant, je trébuche en avant et manque de tomber droit sur Smith, me rattrapant de justesse grâce à l'une de mes béquilles. Smith se retourne vivement, les yeux écarquillés, avant de lâcher un rire rauque.

— Attention, chaton, je pourrais croire que tu tentes un rapprochement. Accepte mon aide la prochaine fois, c'est préférable quand on n'a qu'un pied, se moque-t-il.

— Le seul rapprochement que je vais tenter c'est ma main dans ta tête, si tu continues de m'appeler comme ça.

Il se marre un peu plus dans sa barbe et continue son ascension jusqu'à pénétrer dans la première pièce sur le palier, et je l'aperçois jeter nos sacs sur le lit lorsque j'arrive enfin à sa hauteur. La chambre est énorme, meublée d'une grande armoire en bois ainsi que de quelques autres meubles dans le même goût, et je remarque le lit double en grimaçant. *Je craignais que ce moment arrive.* Smith voit mon air dérangé et se laisse tomber sur le côté du lit encore libre.

— Détends-toi, ce lit ne sert qu'à dormir… Sauf si tu penses à autre chose.

Je lève les yeux au ciel, pas le moins du monde tentée par cette proposition. Je m'approche du lit et retire les sacs du matelas afin de les poser au sol et de m'asseoir, reposant mes mains toujours en feu. *Vivement que cette entorse guérisse.*

— J'ai emmené un sac de couchage, précise-t-il.

Je me tourne vers lui, surprise par son élan de courtoisie. *Pourquoi ne peut-il pas être plus souvent comme ça ?* Mais je chasse bien vite cette pensée. Je m'apprête à lui répondre lorsque le bruit d'une porte qui s'ouvre résonne dans la maison, et j'écarquille les yeux en interrogeant mon faux petit ami du regard.

— Smith ?

Ce dernier ne répond rien, il se lève en vitesse pour quitter la chambre et j'en fais de même à ma petite vitesse.

— On a visiblement eu la même idée... grommelle Smith en observant par-dessus la rambarde.

La voix de Smith est monotone, sa mâchoire crispée, et j'arrive à son niveau pour observer qui se trouve en bas. À ma grande surprise, la famille de son cousin est déjà arrivée, et Smith n'attend pas pour descendre les marches précipitamment, sans un regard pour moi. Je le suis en soupirant, sachant que c'est le moment ou jamais de rentrer dans mon rôle.

— Vous ne deviez arriver que demain. Je peux savoir ce que vous foutez là ? s'impatiente Smith.

— Nous pensions passer une soirée tranquille... C'est raté, répond Liam, son cousin, que je reconnais grâce au trombinoscope du dossier. Je te préviens Smith, j'ai accepté cette invitation parce que ton père y tenait, mais au moindre mot de travers devant notre fille, tu le paieras cher. Compris ? Et ne compte pas sur Anna pour te défendre cette fois-ci.

Smith bouillonne, je le vois à vue d'œil. Je n'ai pas la moindre idée de quoi Liam parle, mais j'ai l'impression que c'est un sujet houleux. Alors, je m'approche de Smith jusqu'à pouvoir être près de lui, et je lui jette un regard pour lui intimer de se calmer. Liam nous laisse sans même me calculer afin de rejoindre la voiture où l'attendent sûrement sa femme et sa fille, et j'en profite pour me tourner vers Smith.

— C'est quoi encore cette histoire ? Qu'est-ce que tu as pu faire qui l'énerve autant ?

Smith soupire tout en détournant les yeux.

— Ça fait assez longtemps que je n'ai pas réellement vu sa fille… Ils font tout pour que je ne l'approche pas, parce que je l'ai traité de meurtrière la dernière fois, répond-il d'une voix éteinte.

Il ne prend pas la peine d'attendre ma réaction, il tourne les talons, me laissant seule et perdue. Dans un sens, je comprends ses mots… Sa situation est loin d'être simple. Il a vu la femme dont il était amoureux épouser son cousin, puis décéder en mettant au monde Charline… Mais ce n'est pas une raison pour insulter l'enfant qu'élèvent désormais ensemble Liam et Anna. Elle est innocente et une mort est trop pesante pour reposer sur les épaules d'un bébé… Mais je n'ai pas le temps de réfléchir plus au sujet, Charline trottine jusqu'à moi en souriant, et je ne bouge pas de peur de lui faire mal avec mes béquilles.

— Ma copine de cheveux !

La petite montre ses bouclettes alors que ses parents sourient en l'observant, et son père l'appelle tandis que sa mère adoptive me salue d'un signe de tête.

— Et si tu allais manger la fin de ton gâteau au chocolat pour laisser les adultes discuter ? propose-t-il à sa fille.

En un clin d'œil, Charline disparaît en courant et je reste pantoise devant Anna qui rit face à son mari.

— Tu devrais vraiment arrêter de l'acheter avec du gâteau. Tu es au courant que trop de sucre ce n'est pas bon ?

— Toi je t'achète bien avec…

Mais avant que son mari n'ait pu finir sa phrase, Anna plaque sa main contre sa bouche pour le faire taire, et je les observe tristement. Au début, j'enviais Anna parce qu'elle touchait du bout des doigts ce que je souhaitais le plus : avoir de l'argent pour aider ma grand-mère. Puis leur relation est devenue sérieuse, elle a été médiatisée, et alors que je pensais qu'ils finiraient par se lasser et se quitter, ils se sont mariés et Anna a adopté Charline.

Lorsque je les vois là, je me dis que certains ont plus de chance que d'autres. Ils ont trouvé le bonheur ensemble et semblent sincèrement heureux, alors que mis à part ma grand-mère, je n'ai rien. Le jour où je perdrai Mamita, je serai complètement seule.

Et comment en vouloir aux autres ? Je ne suis pas bonne pour les relations.

— Je suis contente de te voir, finit par dire Anna en se tournant vers moi.

Je lui adresse un simple sourire gêné, sans savoir quoi répondre, puis Anna se rapproche de son mari pour se blottir contre lui alors que je le fixe, impressionnée. Même en jean, Liam reste vraiment imposant, comme n'importe quel homme d'affaires, je suppose. À une époque, l'approcher était ce que je désirais. J'avais même postulé à son offre ridicule de jeune fille au pair… Mais malheureusement, c'est là qu'Anna a débarqué et a décroché le job. *Je l'ai longtemps eu en travers de la gorge.*

— Ne croyez pas que j'ai oublié vos petits messages pour Anna. J'ai tendance à être rancunier, finit par intervenir Liam.

Je grimace au souvenir de ces messages puérils. *La jalousie rend souvent stupide.*

— Liam ! Arrête un peu de te comporter comme un idiot, le réprimande Anna.

— Quand je suis entouré de trop d'idiots, ça déteint sur moi, rétorque-t-il froidement.

Il hausse les épaules comme si de rien n'était et part rejoindre sa fille en ignorant les remontrances de sa femme. Anna reste en face de moi dans un silence gênant jusqu'à ce qu'elle détourne les yeux vers l'étage.

— Écoute, je sais que tu ne m'aimes pas, mais j'aimerais beaucoup qu'on puisse s'entendre pendant ces quelques jours. Je ne voudrais pas que ma fille soit entourée de toute cette rancune. Il y en a déjà suffisamment entre nos compagnons respectifs…

Je me retiens de rire lorsqu'elle qualifie Smith comme mon compagnon, mais au fond je sais qu'elle a raison. J'ai beau ne pas apprécier son côté « parfaite », je vais devoir faire des efforts. Pour sa fille, mais aussi pour moi. Je ne veux pas avoir à me prendre la tête avec elle, même si nous n'avons rien en commun… *Et qu'elle ne comprend pas mon sarcasme.* Après tout, je suis là pour Smith, pour jouer sa copine, et n'importe quelle compagne sensée ferait tout pour s'entendre avec sa belle-famille. Y compris supporter quelqu'un que je n'apprécie pas. *Que la mascarade commence…*

Chapitre 4

Je n'ai pas revu Smith depuis l'arrivée de son cousin. Je ne me déplace pas aussi rapidement que je le voudrais, et lorsque j'ai enfin réussi à esquiver Charline et le chiot qui lui tournait autour, il a fallu que je remonte ces satanés escaliers avec mes béquilles. Malheureusement, cet effort s'est avéré vain étant donné que Smith reste introuvable. Aucune trace de lui dans la chambre ni dans le salon où je me trouvais il y a une quinzaine de minutes… Seule sa voiture atteste du fait qu'il n'a pas déserté les lieux. Je finis par arrêter de chercher pour me poser dans la chambre, déterminée à profiter d'un peu de silence pour ranger mes affaires. Je vide mon gros sac à dos sur le lit pour en sortir les quelques fringues que j'ai prises, et je m'affaire à tenter de les défroisser pour les plier.

Je n'ai pris que ce qui me semblait nécessaire. Un jean en plus de celui que je porte actuellement, trois hauts, et si jamais par le plus gros des hasards je devais m'habiller un peu plus chic, j'ai pris une robe. *Que je n'ai pas réellement l'intention de mettre, sauf si j'y suis forcée.* Je dépose mes sous-vêtements dans l'un des tiroirs de l'armoire, et je me retourne lorsque quelqu'un frappe à la porte de la chambre. J'avise les béquilles à l'autre bout de la pièce, puis je soupire avant de poser le pied au sol. *La douleur est déjà moins présente, un mètre ne me tuera pas.*

Lorsque j'ouvre la porte, je suis surprise de tomber sur Anna, et celle-ci avise mon pied blessé en fronçant les sourcils.

— Tu n'es pas censée être en béquilles ? me questionne-t-elle.

— Si. Mais elles m'emmerdent, avoué-je sincèrement. Que puis-je faire pour toi ?

Sans attendre mon invitation, Anna me contourne pour pénétrer dans la chambre que je partage avec Smith, et elle se tient bien droite au milieu de la pièce, le regard vissé sur moi. *Il ne manquait plus que l'une des personnes que je ne supporte pas vienne m'importuner…*

— On peut parler ?

Je hausse les épaules, indifférente. Je sais pertinemment que si je dis non, Anna parlera tout de même. Alors à quoi bon gaspiller ma salive ? Au lieu de ça, je me laisse tomber sur le lit en soupirant, puis j'avise ce membre de ma pseudo belle-famille, un sourire faux sur les lèvres.

— Quand ces quelques jours seront passés, j'aimerais beaucoup que nous repartions sur de bonnes bases. Je sais qu'à une époque tu t'intéressais à mon mari… Et crois-moi, même si je n'apprécie pas ce souvenir, je voudrais simplement que nous passions au-dessus de tout ça. Tu es avec Smith maintenant, et peu importe le temps que ça durera, je voudrais simplement qu'on puisse se tolérer, tu comprends ?

Est-ce que je le comprends ? Pas vraiment. Ça ne sert à rien de se forcer à côtoyer quelqu'un. Je ne dis pas que je ne pourrais pas l'apprécier, simplement que je ne le veux pas. Hors contexte, je lui aurais sûrement dit ces choses-là… Malheureusement, ça m'est impossible. Si j'étais réellement avec Smith, je ne gâcherais pas l'occasion d'enterrer la hache de guerre. Alors même si je n'en pense pas un mot, je hoche la tête pour lui signifier que je suis d'accord.

— OK.

— Merci, Beth. D'ailleurs, depuis quand sortez-vous ensemble avec Smith ? m'interroge-t-elle. J'avoue que je n'avais pas fait attention à votre rapprochement…

Rapprochement inexistant.

Mais je me garde bien de dire cette remarque à haute voix, me contentant de replacer une mèche de cheveux derrière mon oreille.

— Oh, tu sais… je ne suis pas à cheval sur les dates. Tu devrais demander à Smith, c'est lui qui note ce genre de chose ! mens-je. Maintenant si ça ne te dérange pas, je vais devoir y aller, je dois voir Smith. Tu peux me passer mes béquilles ?

Elle obtempère sans broncher, et je fuis loin d'elle alors qu'elle ne se doute pas le moins du monde du fait que je ne fais que la fuir pour éviter ses questions. Nous aurions dû voir ces détails-là ce soir… Comment nous nous sommes rencontrés, quand… Mais l'arrivée des White a changé tout notre programme. J'erre dans les couloirs de l'étage sans savoir où je vais, et lorsque j'aperçois enfin Smith, assis sur le rebord d'une fenêtre, je le rejoins sans dire un mot jusqu'à remarquer son visage fermé, sa tempe posée contre la vitre.

— Qui est-ce que tu fuis ? me demande-t-il sans me regarder.

— Au début, ta chienne et Charline, expliqué-je. Les deux viennent de se rencontrer, mais sont déjà inséparables… Maintenant, je fuis Anna. Je n'ai aucune envie de l'entendre déblatérer sur à quel point ce serait génial que l'on s'entende bien.

Il lâche un rire rauque à ma tirade et j'observe sa pomme d'Adam monter et descendre au rythme de sa respiration. Mon regard dérive vers sa mâchoire carrée où une barbe naissante a pris place, et je finis mon parcours sur ses yeux gris qui me scrutent à présent avec une insistance non dissimulée. Mon corps est parcouru d'un frisson alors que je fronce les sourcils sans détourner le regard. *Je ne devrais pas me laisser avoir par son charme encore une fois…* Je déteste qu'il me regarde comme s'il ne désirait qu'une chose – m'embrasser – parce que ça me ferait presque regretter qu'il ne le fasse pas. *Ça ne doit pas arriver.*

— Au moins, elle ne t'ignore pas, répond-il.

Smith perd son sourire alors que je l'observe un peu plus. *Il semble tellement épris d'Anna…*

— Tu l'aimes ?

Il fronce les sourcils et moi je regrette déjà mes paroles. Nous ne sommes même pas réellement amis en dehors de cet arrangement, je ne devrais pas mêler notre vie privée à tout ça, mais c'est sorti tout seul.

— Je ne suis pas amoureux, finit-il par décréter après de longues secondes de silence.

Je le dévisage, complètement perdue. À une époque, avant que Liam et Anna ne soient ensemble, tout le monde savait que Smith avait des vues sur elle. Ce n'était un secret pour personne, et aujourd'hui encore, il semble être resté enfermé dans ces sentiments… Mais visiblement, je n'ai pas visé juste. Smith soupire bruyamment avant de se redresser, les coudes posés sur ses jambes.

— Je suis amoureux de ce qu'ils ont, explique-t-il.

— C'est-à-dire ?

Il tourne la tête vers moi et me sourit tristement, comme si son esprit était ailleurs et qu'il se remémorait des jours sombres.

— Liam aime Anna, et elle l'aime tout autant. Ils sont là l'un pour l'autre dans toutes les situations. C'est ça que j'aurais voulu, mais que je n'ai jamais connu.

Dans un sens, je comprends ce qu'il veut dire. L'humain n'est pas un être solitaire… Et lorsqu'il se retrouve livré à lui-même, la solitude finit par devenir pesante. Pourtant, ça a parfois du bon d'être seul un moment. Ça permet de se retrouver, de prendre du temps pour soi. Mais si lui rêve d'une relation pareille, pourquoi ne fait-il rien pour rencontrer des gens ? Pourquoi s'évertuer à rester seul ? *De ce que j'ai pu voir, ce ne sont pas les femmes qui manquent dans son entourage…*

— Pourquoi tu ne cherches pas quelqu'un, alors ? le questionné-je avec sincérité.

Je pense que depuis cette passade entre nous, j'ai dû le voir défiler avec une bonne vingtaine de filles, même si ce n'était jamais la même à deux reprises. Il a plutôt l'air de fuir les relations que de les chercher… En tout cas, c'est ce qu'il m'a fait ressentir. Smith détourne à nouveau les yeux avant de se passer une main sur le visage, l'air fatigué.

— Parce que la seule fois où je me suis laissé aller à aimer quelqu'un, elle m'a laissé tomber. Pas de relation, pas d'emmerdes, précise-t-il.

La gorge nouée, je hoche la tête alors que je me rends peu à peu compte que lui et moi ne sommes pas si différents. Je n'ai pas peur d'être abandonnée, j'ai peur de faire du mal à ceux que je pourrais aimer, comme je l'ai déjà fait par le passé. Mais finalement, peu importe de quoi sont faites nos angoisses, elles nous empêchent d'avancer. Même si Smith essaie de les cacher derrière son arrogance et ses remarques, il ne pourra jamais les faire disparaître, sauf en les combattant. *Combattre le feu par le feu.*

Pourtant même si je pourrais tenter de le réconforter, je n'en fais rien. Je ne suis ici que pour jouer sa copine, rien de tout ceci n'est réel, et je ne veux pas l'oublier. Je ne suis pas de celles qui aident les autres, parce que je ne veux plus jamais avoir à vivre une situation aussi difficile que celle que j'ai déjà dû vivre. Je ne m'attacherai certainement pas à Smith, même si cela veut dire le laisser avec ses démons…

Alors plutôt que de continuer cette discussion, je me lève, prête à partir, et Smith m'interroge du regard.

— Tu vas où ? demande-t-il.

— En bas. Je ne suis pas sûre que les ignorer soit bien perçu, alors je vais aller faire bonne figure.

En réalité, c'est un mensonge. Je préfère simplement avoir à finir ma conversation avec Anna que de laisser Smith s'ouvrir à moi sans raison. Je fuis, je le sais, mais je m'en moque. Mon instinct me dit de m'éloigner avant que les choses ne dérapent.

— Bien. Je viens avec toi.

Il se lève d'un geste souple, arborant à nouveau son air suffisant. *Comment peut-il être aussi détestable tout en arrivant à m'atteindre ?* Mais cette question reste sans réponse, et je précède Smith dans les escaliers jusqu'à rejoindre le salon où Charline est en train de jouer avec Nala, essayant de tirer sur le nœud de la chienne, son père les surveillant de près tandis qu'Anna lit dans un coin, jusqu'à ce qu'elle nous aperçoive.

— Je ne pensais pas que tu descendrais avant d'y être forcée, lâche Liam.

— J'avais promis à Beth de passer une soirée tranquille, alors malgré votre présence, nous n'allons pas rester enfermés dans la chambre, même si cette idée est plaisante…

Smith me renvoie un sourire provocant auquel je réponds en levant les yeux au ciel. *Il ne peut pas s'empêcher de faire des allusions pareilles devant une enfant ?*

Smith m'invite à m'asseoir près de lui sur le canapé, et je sais qu'il attend de moi que je rentre dans mon rôle, alors je me blottis contre lui en faisant abstraction de cette odeur boisée qui remonte jusqu'à mes narines. *Il ne pourrait pas être repoussant ?* Mais je n'ai pas le temps de parler que Charline se tourne vers moi, abandonnant les jouets du chiot.

— Est-ce que c'est ton amoureux ? me demande-t-elle.

Je m'apprête à lui répondre, mais Smith me devance.

— Non, c'est elle qui est mon amoureuse.

Charline ne fait pas attention à la remarque de Smith, elle quitte la pièce en courant pour suivre le chiot alors que je plante mes ongles dans sa cuisse de façon que personne ne me voie le remettre à sa place. *Je vais l'étriper.* Et là où je m'attends à ce qu'il me repousse pour ce geste, il se penche vers moi jusqu'à ce que ses lèvres frôlent le lobe de mon oreille, et je me tends lorsque sa main chaude se dépose dans ma nuque. Je sens le regard des deux autres adultes nous scruter, mais je n'ose pas amorcer le moindre mouvement.

— L'avantage c'est que je peux faire ce que je veux ici, tu ne pourras pas sortir les griffes… chaton.

Je me tourne vers lui, le regard noir. *Il veut jouer ? On va jouer.* Je ne fais pas attention à ce qui nous entoure et je l'embrasse sans la moindre hésitation, une idée bien précise en tête. Smith paraît surpris, mais il répond bien vite à mon baiser, sa main toujours posée contre ma nuque, et je tente de rester concentrée malgré ses lèvres contre les miennes. *Merde, je ne me souvenais pas qu'il embrassait si bien.*

Son pouce caresse la base de mon cou alors que sa langue vient caresser ma lèvre inférieure avec une délicatesse presque réelle. Mais alors que Smith se montre plus entreprenant, je lui mords la lèvre et il se recule précipitamment, l'air furieux en se passant un doigt sur la lèvre.

— Oh mince ! Je suis désolée, Smith, je ne voulais pas te faire mal !

Anna lâche un rire derrière nous alors que je ne détourne pas les yeux de mon faux petit ami. Aussi plaisant soit ce baiser, je refuse de le laisser croire que je vais le laisser me diriger. Smith se lève d'un bond et m'invite à en faire de même alors que je lui souris d'un air faussement doucereux, et je le suis après un dernier coup d'œil à Liam et Anna qui ne nous portent même plus d'attention, à présent en pleine discussion. Smith m'entraîne jusqu'à la chambre, et aussitôt la porte fermée, il m'attrape par la taille, faisant tomber mes béquilles, et me bascule sans ménagement sur le lit. Je lâche un hoquet de surprise alors que Smith se place au-dessus de moi, et je hausse les sourcils, pas le moins du monde intimidée par son corps au-dessus du mien. *On s'est déjà retrouvé dans cette position…* Mais je chasse bien vite cette idée.

— Refais ça encore une fois et tu vas me le payer, me prévient-il.

— De quoi tu te plains ? Je croyais que tu attendais de moi que les choses soient crédibles…

Je souris légèrement en même temps que sa main serre ma hanche, et je lâche un gémissement qui lui tire un sourire satisfait. *Merde ! Je ne dois pas réagir à ses provocations !*

— Tu aurais pu m'ouvrir la lèvre, Beth.

— Oh, je t'ai mordu ? Je suis désolée, je n'ai pas fait attention, emportée par cette passion si dévorante, me moqué-je.

— Pourquoi t'es si chiante ? se plaint-il.

— Parce que tu l'es tout autant.

Ses lèvres se rapprochent doucement des miennes, trop près, mais je ne fais rien pour le repousser, mes yeux dans les siens. *Tant qu'il ne m'embrasse pas, je ne fais rien de mal… Non ?*

— Tu es rabat-joie, poursuit-il, son souffle se mêlant au mien.

— Et toi un gros lourd.

— Mais un gros lourd séduisant.

— Qui a dit ça ? rétorqué-je.

— Moi.

Je sens son souffle caresser mes lèvres et dans d'autres circonstances je me serais sûrement laissée tenter… J'en meurs d'envie, et le nier serait un mensonge, mais je ne le dirais pas à Smith, car ce serait le début des emmerdes. Si j'avoue que malgré tout, je suis toujours attirée par lui, je sais qu'il fera tout pour me remettre dans son lit, et c'est la dernière chose dont j'ai besoin. *Je dois me tenir éloignée des autres.*

— Eh bien moi, je ne l'ai pas dit… le cherché-je.

— Pourtant t'as déjà vu la partie la plus intéressante de mon corps…

Je secoue la tête avant de poser une main à plat sur son torse, mais Smith ne fait rien pour bouger, appuyé sur son coude, son autre main encore posée sur ma hanche, et son visage toujours près du mien.

— Qu'est-ce que tu ferais si je t'embrassais vraiment ?

Ma respiration s'accélère tandis qu'un frisson me parcourt l'échine, et mon regard va et vient entre ses lèvres et ses yeux… Un baiser. Juste un. Qu'est-ce que cela pourrait faire ? Sa bouche s'approche dangereusement des miennes jusqu'à ce que nos souffles soient parfaitement mêlés, et je n'arrive pas à détourner les yeux de ses lèvres. Je pourrais rompre la distance entre nous et profiter d'un court moment d'oubli, mais ça compliquerait absolument tout. Alors je le repousse en fermant les yeux, repoussant cette douce chaleur qui se répand dans mon bas ventre. *Ne le laisse pas approcher. Sauve-le de ce désastre.*

— Arrête, soufflé-je.

— Qu'est-ce que tu as ? demande-t-il avec un intérêt déconcertant.

Son pouce caresse mes lèvres et je rouvre les yeux pour les plonger dans le gris des siens. Aussi tentante soit cette alternative, je ne lui ferai pas ça, pas alors que nous allons être ensemble durant plusieurs jours. Un coup d'un soir n'a pas d'impact : dès le lever du soleil, retour à la réalité. Mais si je venais à céder, je sais que notre mascarade se transformerait vite en une relation purement physique, et je ne lui ferai pas ça. *Je ne veux plus faire de mal à personne.*

— Parce que toi et moi ça n'arrivera plus jamais.

— Tu réfléchis trop, Beth, dit-il en jouant avec mes longues boucles. Amuse-toi, profite. La seule nuit qu'on a passée ensemble était mémorable, et je te propose juste de te laisser aller pour ces quelques petits jours… et dès la fin du contrat, on reprendra nos vies après avoir bien profité, susurre-t-il avec assurance.

Il se relève à contrecœur et moi je reste pantoise, allongée sur ce lit, décoiffée et les joues rougies. *Est-ce que je serai capable de céder ? Juste pour quelques jours ?* Si la perspective de lendemain n'existe pas alors je crois que oui. Du sexe sans attache, des moments pour assouvir un désir que je croyais pourtant disparu, sans avoir la peur de blesser à nouveau quelqu'un… *Comment refuser ?*

Chapitre 5

J'ai mangé seule de mon côté, j'avais besoin de réfléchir aux dernières heures… La famille parfaite est sortie pour manger au restaurant, et j'évite Smith depuis notre discussion que je n'arrive pas à me sortir de la tête. Je suis perturbée par sa proposition, mais encore plus par le fait que je songe sérieusement à accepter. Je m'étais pourtant promis de ne pas craquer et voilà qu'en quelques heures, il a réussi à réveiller en moi des désirs que je pensais enfouis. Smith a le don de me déstabiliser d'un simple geste, et je déteste me laisser aller de cette façon. J'aime la solitude, parce que je l'ai choisie. En dehors de ma grand-mère, j'ai abandonné ma famille pour leur propre bien… Alors même si ce n'est que pour quelques jours, laisser Smith entrer dans ma bulle est risqué.

J'observe les photos dans un des salons pour tenter de me changer les idées, mais j'observe ces cadres d'un œil morne. Bien au contraire, voir Smith sur la plupart des photos de famille ne me fait qu'un peu plus penser à sa proposition… Il est présent sur certaines, mais ne sourit jamais, comme s'il était ailleurs, et je compatis de voir cette famille aux apparences parfaites, mais en profondeur dessoudée… *Moi aussi, je connais ce sentiment.*

— Tu joues la fouineuse ?

Je sursaute et je me retourne vers Smith, prise la main dans le sac, même si je ne fais que me renseigner, exactement comme il me l'a conseillée. Il se tient droit dans l'encadrement de la porte, le visage neutre, mais son regard se balade tout de même sur mon corps, et je croise les bras contre ma poitrine pour me détourner.

— Je m'instruis. C'est bien ce que tu as demandé, non ?

Je détourne les yeux et je remets les photos en place avant de tenter de sortir de la pièce, mais il me retient avec douceur, une main posée sur la mienne autour de la poignée de ma béquille.

— Je t'ai surtout demandé autre chose, me rappelle-t-il.

Je ne rougis pas. J'ai toujours été libre avec mon corps… en grande partie parce que je pensais que le sexe permettait d'oublier, mais je n'ai jamais eu de tabou à ce sujet. À quoi bon ? Je ne me cacherai pas à ce sujet-là. Je suis une femme et j'ai le droit d'aimer le sexe au même titre qu'un homme, ça ne fait pas de moi une salope que de l'assumer.

— J'ai pas encore décidé.

— Au moins, ce n'est pas un non.

Il me fait un sourire mutin et me suit jusqu'en haut en ne faisant aucune remarque sur mon rythme lent. Je le laisse me suivre dans *notre* chambre et je sors mes affaires pour dormir comme si de rien était, ignorant son regard dans mon dos et réfrénant les frissons qui me parcourent au souvenir de notre moment d'égarement un peu plus tôt.

On se retourne tous les deux lorsque des bruits de pas se font entendre, signe du retour de sa famille, et je souffle en devinant que la tranquillité est finie. Je jette un coup d'œil à Smith qui me sourit avec espièglerie, et je ne peux pas m'empêcher de l'interroger.

— Tu penses à quoi ?

— Saute sur le lit, m'ordonne-t-il.

— Pardon ?

Je ris face à son air sérieux, les sourcils froncés, ne comprenant pas son but.

— Pour faire du bruit, précise-t-il.

— Attends… Tu veux faire croire que t'es en train de me sauter ? Tu plaisantes là ?

Il sourit de plus belle comme s'il venait d'avoir l'idée du siècle, et je perds presque immédiatement mon sourire. Dans d'autres circonstances, je l'aurais fait sans broncher juste pour voir la tête de Liam et Anna. Mais ils ne sont pas seuls, leur fille se trouve dans la maison, et je ne rentrerai pas dans ce jeu.

— Il y a un bébé dans cette maison, Smith. Je ne ferai pas ça.

— Un bébé ? Elle a près de quatre ans. C'est bon, elle est grande, maintenant.

— Tu t'entends parler des fois ? J'en viens à me dire que j'aimerais être sourde pour ne plus t'entendre déblatérer ces conneries. Laisse cette gamine tranquille.

Il se marre et n'a pas l'air affecté par ce que je lui dis alors que je le dévisage un peu plus. Toute sa rancune, il la déverse sur les gens qui l'entourent, alors que Charline n'a même pas conscience des maux familiaux. S'il savait comme je comprends… Je suis rongée par les remords et la colère, et c'est parce que j'ai peur de reproduire un jour un acte pareil que je repousse les gens, mais jamais je ne pourrais en vouloir à une enfant pour une quelconque raison…

— Détends-toi Beth. Je suis sûre qu'elle ne sait même pas que les adultes font ça.

— Crois-moi, peu importe l'âge, un enfant peut se souvenir de beaucoup de choses. Alors arrête de ne penser qu'à toi. Tu es malheureux, mais ce n'est pas une raison pour être égocentrique.

Il me jette un regard mauvais, mais je ne me démonte pas. À vingt-six ans, il devrait penser à son avenir plutôt que de se soucier de l'avis d'un père oppressant et d'un cousin qui le fait se sentir comme un moins que rien. L'indifférence est la meilleure des défenses, et s'il se souciait moins de ce que les autres pensent, il n'en serait que plus heureux.

— Égocentrique ? Est-ce que tu t'es vue, Beth ? Tu repousses et insultes tout le monde en prétextant que tu ne veux rien de sérieux. Mais c'est quoi la vraie raison, hein ?

Les bras m'en tombent et je fixe le regard noir de Smith durant de longues secondes avant de tourner les talons, me moquant de m'appuyer sur ma cheville. Il ne sait pas de quoi il parle, mais il a pourtant tapé là où ça fait mal. Comment expliquer à quelqu'un que les deux personnes en qui j'avais pleinement confiance ont été tuées ? L'une tuée de mes propres mains ? Je ne le peux pas. J'ai réagi dans le but de défendre une personne que j'aimais… Et ma réaction a engendré la mort d'une autre de ses personnes. Je ne veux plus jamais avoir à commettre une chose pareille, parce que si cela se reproduisait, même avec le meilleur des psychiatres, je ne m'en relèverais pas.

Pourtant Smith ne me laisse pas quitter la chambre, il se place dans mon dos et pose une main sur la porte fermée pour m'empêcher de quitter la pièce.

— Laisse-moi sortir, Smith.

— Je suis désolé. Je ne voulais pas te blesser…

— Bien sûr que si, c'était précisément ton but, lâché-je, la gorge nouée.

Je ne pleurerai pas, même si mon cœur me fait souffrir. Mes larmes ont séché il y a déjà quelques années… Et depuis, je garde tout profondément enfoui en moi.

— J'ai répondu sous le coup de la colère… Je n'aime pas qu'on m'analyse, je me suis juste vengé.

— Fais ce que tu veux Smith, mais laisse-moi passer. Je veux que tu me foutes la paix.

— Impossible. Je veux d'abord réparer mes torts.

Je me tourne vers lui jusqu'à me retrouver le dos plaqué au mur, et je le fixe en respirant de façon saccadée.

— Alors embrasse-moi, lâché-je sans réfléchir.

J'ai du mal à réaliser la demande que je viens de formuler, mais son expression incrédule me confirme que les mots sont bien sortis de ma bouche. Même si je suis surprise de faire ce premier pas, je sais qu'il n'y a que ça qui pourra me changer les idées dans le périmètre où nous nous trouvons. *Ses lèvres sur les miennes, son corps près du mien… un remède à mes idées noires.*

— Est-ce que tu es sérieuse ?

— Oui, dis-je sans la moindre hésitation.

Il n'en attend pas plus et m'attrape pour me plaquer contre son torse et m'embrasser à pleine bouche. Sa langue joue avec la mienne, ses miens viennent cajoler mes fesses et je me laisse complètement aller contre lui. Ses yeux sont voilés lorsqu'il m'observe, et je frissonne en imaginant ce qui pourrait arriver entre nous... Mais je ne dois pas céder.

Et je ne céderai pas.

Chapitre 6

Je m'étire de tout mon long, le corps fatigué par la nuit que je viens de passer. J'ai résisté pendant des heures à la tentation, après avoir repoussé Smith. Il est pourtant collé à moi, son torse contre mon dos et l'une de ses mains posées sur mon ventre. Je me tourne vers lui pour découvrir son visage endormi, et je soupire en pensant à la nuit que nous aurions pu passer, si je ne l'avais pas repoussé après son baiser.

Je m'extirpe de son étreinte en douceur, quittant la chaleur de son corps pour la fraîcheur de la pièce, et je me dirige en vitesse vers ma valise pour attraper des vêtements propres et aller prendre une douche pour calmer mes nerfs. Mais en atteignant la porte, j'entends un rire familier résonner dans mon dos, et je ferme les yeux en attendant qu'il parle.

— Tu comptes filer à l'anglaise ? Ou à l'écossaise, devrais-je dire.

Je me retiens de sourire face à sa blague concernant ma nationalité, puis je passe la porte pour rejoindre la salle de bains sans un regard pour Smith, sachant pertinemment que si je lui accorde de l'attention, je ne suis pas près de m'habiller, alors que l'horloge dans la chambre indique déjà midi. Je me douche en vitesse, profitant de l'eau brûlante sur mes membres, avant de quitter le plaisir de l'eau pour ma serviette, puis mes vêtements. Lorsque je sors de la douche, mon attelle à la main, je suis surprise de trouver Smith déjà habillé, et son regard vissé sur ce que je tiens à la main.

— Je n'ai pas l'intention d'encore t'emmener à l'hôpital parce que tu ne respectes pas ce que le médecin t'a demandé, lâche-t-il.

Je hausse les épaules, indifférente.

— Ça fait une semaine que je joue le jeu. Je peux profiter de dix minutes sans, pas besoin de jouer les rabat-joie.

J'avance vers l'armoire pour en sortir une paire de chaussettes, et Smith en profite pour se placer dans mon dos, ses lèvres près de mon lobe et ses mains caressant les hanches. *Ne cède pas, Beth…*

— Je suis déçu que tu n'aies pas laissé la porte de la salle de bains ouverte… J'ai dû aller me doucher tristement seul dans la salle de bains voisine.

— Pauvre homme. Tu crois que tu vas t'en remettre ? le charrié-je.

Il me mord l'oreille et je lâche un hoquet de surprise avant de le repousser en riant pour m'asseoir sur notre lit défait. *Dire que j'avais prévu de le faire dormir par terre…*

— Tu acceptes ma proposition ? demande-t-il en m'observant.

Je l'observe en vidant l'air de mes poumons, sachant pertinemment que peu importe ce que ma conscience me dira, je céderai.

— Non. Ça n'arrivera pas, Smith.

Il s'approche de moi d'un pas félin, le regard encore une fois explicite, et je me mords les joues pour ne pas sourire. Moi qui pensais que jouer la comédie serait ennuyeux… Cette première journée est plus surprenante de celle que je m'étais imaginée. Il ne veut que du sexe, pas d'attaches, et des faux semblants pour les autres… Est-ce que je pourrais jouer le jouer et profiter le temps du temps ? Puis reprendre ma vie là où je l'ai laissée, laissant notre liaison à Dundee ?

Qu'est-ce qui pourrait mal tourner ?

Mais alors que Smith arrive à ma hauteur et que je m'appuie en arrière pour le laisser approcher, trois coups résonnent dans la pièce, et je soupire. Smith va ouvrir à contrecœur, laissant apparaître Anna sur le pas de la porte.

— Quoi ? lâche-t-il sans délicatesse. On s'apprêtait à faire une activité interdite aux moins de dix-huit ans, alors j'espère que tu as une bonne raison de nous déranger.

Je lâche un gloussement étouffé par ma main, surprise autant qu'amusée par ses mots, et le visage sidéré et rouge d'Anna vaut tout l'or du monde.

— Oh je… Enfin, je voulais…

— Bon, accouche, Anna.

Elle secoue la tête et se reprend en même temps que son regard se pose sur moi. Contrairement à l'accoutumée, un sourire ne barre pas son visage, bien au contraire, une ride du lion apparaît lorsqu'elle fronce les sourcils.

— Ton père est là depuis déjà dix minutes. Il commence à s'impatienter de ne pas te voir arriver avec cette copine que tu as promis de lui présenter…

Je fronce les sourcils avant de me relever pour m'approcher de Smith et suivre la conversation de près.

— Humeur ? questionne Smith.

— Comme la dernière fois qu'il est venu nous voir… Exécrable, soupire Anna.

— On va descendre, merci.

Smith referme la porte en soupirant, tête baissée, et lorsqu'il relève la tête, je n'aime pas le regard qu'il pose sur moi. Ça ne présage rien de bon pour la suite des évènements. Même si les parents de Liam et lui-même sont très médiatisés, je n'ai entendu que le nom du père de Smith… Je ne sais que peu de choses sur lui, mis à part le fait qu'il gère une filiale de l'entreprise de son neveu ; c'est un homme qui me semble difficile à cerner.

— Il est si désagréable que ça ? demandé-je du bout des lèvres.

— Si tu n'es pas millionnaire et PDG, tu n'existes pas à ses yeux. Pour ne rien gâcher, tu es estropiée, se moque-t-il, abordant à nouveau son air de connard.

Je souffle sans même m'en cacher, gonflée par sa remarque, et j'enfile mes baskets, les seules assez larges pour supporter attelle, avant de me tenir droite devant Smith, prête à descendre.

— On y va ?

— Et tes béquilles ? demande Smith.

— Ça te fera une estropiée en moins, asséné-je en ouvrant la porte.

Mais Smith la referme d'un geste sec, le visage dur.

— Je plaisantais, Beth. Mais sois préparée, mon père est loin d'être un homme gentil. Quand tu le vois, tu ne lui fais pas la bise. Serre-lui la main et dis « bonjour monsieur », et surtout, ne sois pas insolente. Je trouve cet aspect de toi très amusant, et c'est bien ce que lui va détester. Tu saisis ?

Je déglutis, sourcils froncés, avant de hocher la tête, comprenant à quel point Smith est sérieux. Je commence à comprendre pourquoi il le déteste autant… Et devoir tenir ma langue risque d'être complexe.

— C'est noté. Je fais la potiche, et tout ira bien, conclus-je.

Il me sourit, contrit, puis ouvre à nouveau la porte en m'invitant à descendre. Je prends les marches une à une, faisant attention à chacun de mes pas. Smith m'arrête en bas de l'escalier. Il s'approche de moi pour me chuchoter quelque chose à l'oreille, et je le laisse faire sans broncher.

— Même si tu es payée pour être là, merci.

Je lui adresse un sourire d'encouragement, puis je lui attrape la main, pour l'illusion, afin de perfectionner l'image d'un couple. Nous rejoignons la salle à manger ou une voix masculine et inconnue se fait entendre, et je découvre sans surprise un homme qui ressemble à Smith en plus vieux et qui me toise des pieds à la tête avec un dédain non dissimulé, habillé d'un costume tiré à quatre épingles.

— Je suppose que vous êtes la femme que Smith a trouvée dans cette université minable.

— Bonjour à vous aussi… grommelé-je de façon à ce que seul Smith m'entende.

Celui-ci serre un peu plus ma main et je vois ses lèvres se pincer, signe qu'il se retient de sourire. Je détaille son paternel à mon tour avant de m'approcher et de tendre la main comme me l'a intimé Smith, un sourire faussement chaleureux sur les lèvres. Son père l'empoigne plus fort qu'il ne le devrait et je masque ma grimace pour ne pas lui donner satisfaction. *Il n'en vaut pas la peine.*

— Enchantée, monsieur White.

Il ne me répond pas et se retourne à nouveau vers son neveu et sa femme.

— Et toi Liam, quand vas-tu te reprendre ? Charline mérite une meilleure éducation que celle de ta femme.

J'écarquille les yeux en l'observant dénigrer Anna devant celle-ci sans la moindre once de gêne. Anna serre la mâchoire, le regard noir, et je crois l'avoir rarement vu aussi en colère… Quoi de plus normal ? Cet homme se permet d'insulter sa fille sans le moindre scrupule, j'aurais sûrement réagi de la même façon si l'on s'était permis d'insulter ma famille… *Je commence à comprendre le portrait que m'avait dépeint Smith.*

— Charline est très bien là où elle est, merci de votre intérêt, répond froidement Liam.

Liam dépose ses lèvres sur la tempe d'Anna, et celle-ci hoche la tête comme pour lui confirmer qu'elle est d'accord avec quelque chose qui nous échappe. Le cousin de Smith se redresse, tout sourire malgré les remarques de son oncle.

— Nous souhaitions profiter de ces quelques jours pour t'annoncer la nouvelle. Anna est enceinte, alors Charline partagera cette éducation que tu exècres avec une petite sœur ou un petit frère.

— Et dire que ceci sera la relève de notre entreprise… souffle White senior.

Liam secoue la tête, lâchant un rire désabusé, alors que j'observe le couple parfait, sourcil haussé. Donc ils accueilleront bientôt un nouveau-né… Je ne peux pas dire que je suis surprise, bien au contraire. Je m'attendais même à ce que cela arrive plus tôt. Je jette une œillade à Smith, cherchant à mesurer sa réaction face à cette annonce, mais il reste de marbre, le regard vissé sur son père.

— *Mon* entreprise. Tu n'as plus rien à voir avec ça. Alors cesse de critiquer mon travail, ma femme, et mes enfants, car tu es loin d'être parfait, rétorque Liam avec assurance.

Indifférent, le père de Smith se tourne à nouveau vers nous, nous prenant sûrement pour la prochaine cible de ses insultes. *Qu'il essaie et je ne suis pas sûre de me taire.*

— Et toi Smith, que vas-tu faire après ce diplôme inutile ?

Inutile ?! Si je n'avais pas dit à Smith que je me tiendrais correctement, je rétorquerais sans mesurer mes propos. L'archéologie est tout sauf inutile. Des archéologues ont marqué leur temps, en découvrant la tombe de Toutankhamon, le mausolée de l'empereur de Chine… Ou encore Lucy, le squelette de cette australopithèque. Ces explorateurs ont contribué à l'écriture de notre histoire, alors c'est un diplôme tout sauf inutile. Je fusille le père de Smith du regard, broyant les doigts de mon faux petit ami au passage alors que celui-ci reste étrangement calme.

— Je vais voyager très loin de toi, explique-t-il posément.

Il sourit de façon insolente à son père pendant que son regard dérive vers moi.

— Je suppose que vous faites le même loisir que lui ?

Je tente de respirer pour me contrôler, mais c'est impossible. *Il cherche vraiment à m'énerver.*

— L'archéologie est un travail, une passion à la rigueur, mais en rien un loisir. Allez sur un site de fouille et vous serez aussi inutile que la dernière feuille de papier toilette.

Smith étouffe un rire et j'aperçois Liam et Anna sourire tandis que White me jette un regard mauvais, le visage dur. Il est certes imposant, mais je ne compte pas me démonter face à un tel enfoiré. S'il compte insulter mes études pour m'atteindre, il va rencontrer un mur.

— Abstenez-vous de vos remarques, mademoiselle, dit-il seulement d'une voix forte. Peut-on passer à table ? J'ai une conférence téléphonique à treize heures tapantes, et je n'ai aucune envie de perdre mon temps.

Il sort son portable pour regarder je ne sais quoi, et je jette un regard surpris à Smith qui soupire. Pourquoi rassembler sa famille si ce n'est pas pour en profiter ? Ça n'a aucun sens… Ces quelques jours vont être longs. Mais avant qu'un adulte n'intervienne, Charline arrive en courant, Nala sur les talons. Aussitôt dans la pièce, le chiot se cache dans les jambes de son maître et la petite s'arrête net, une expression horrifiée sur le visage lorsqu'elle tombe nez à nez avec l'oncle de son père.

— Papa, pourquoi le monsieur grincheux est là ? Il n'arrête pas d'être méchant…

— Tu devrais mieux éduquer ta fille, Liam. Apprends-lui à tenir sa langue.

Je lève les yeux au ciel. Comme si le problème venait de l'enfant.

— Si elle te traite ainsi, demande-toi pourquoi.

Charline se cache près de sa mère et Liam conduit son oncle jusqu'à la salle à manger, nous laissant seuls avec Smith. Je me tourne vers lui, compatissant à sa situation, et Smith se passe une main sur le visage après s'être écarté de moi. Son regard est sombre, son visage fermé, et je sais d'instinct que cette situation lui pèse plus qu'il ne l'admet…

— Parfois j'aimerais l'insulter. Il est tellement… odieux.

— Pourquoi ne pas le faire ? Pour l'argent ? demandé-je.

— Non, de ce côté-là j'ai de quoi survivre grâce à ma mère. C'est juste compliqué de couper les ponts avec sa famille.

Je hoche la tête, comprenant parfaitement où il veut en venir. Avoir à quitter sa famille, c'est abandonner une partie de soi… Mais lorsque cette famille ne fait que vous rendre malheureux, tourner le dos est parfois ce qu'il y a de mieux pour avancer.

— On doit y retourner, ou il va s'impatienter, souffle Smith.

Il serre les dents en fixant cette porte que son père a passée quelques instants plus tôt. Il finit par m'emmener à la suite des autres et nous nous installons en face de Liam et Anna, leur fille entre eux, et White senior en bout de table. *Tout ceci est bien solennel…*

Nous commençons à manger dans le calme, Charline ponctuant ce silence de quelques plaintes dirigées vers son oncle qui l'ignore, sachant très bien que ni son neveu ni la femme de ce dernier ne le laisseront insulter leur fille. *Même si, à leur place, je n'aurais jamais emmené une enfant ici…*

— Quel est le cuisinier que vous avez engagé ? finit-il par demander. Je trouve la viande trop sèche.

Anna ne peut retenir un rire, et Liam sourit en jetant une œillade à sa fille tandis que Smith reste le regard vissé dans le vide. *Quelle ambiance.*

— C'est nous. J'ai cuisiné avec Charline, avoue Liam.

— On va dire que tu t'améliores un peu plus chaque jour… plaisante sa femme en lui souriant avec affection.

Le père de Smith ne semble pas trouver la situation amusante, il fait claquer son couvert sur la table alors que je souris un peu plus. *S'il trouve cette viande sèche, il devrait venir manger chez ma grand-mère…*

— À quoi cela sert d'avoir du personnel si tu m'obliges à manger vos expériences ?

Liam souffle d'agacement alors que Charline s'agite sur sa chaise haute.

— Si tu observais autour de toi, tu verrais qu'il n'y a pas de personnel. Une équipe de nettoyage entretient la maison, c'est tout. Si tu n'es pas content, va manger ailleurs.

— Si je suis ici, tu te doutes que ce n'est pas pour le plaisir. Je suis là pour Smith.

Je me tourne vivement vers mon faux petit ami, et je fronce les sourcils en découvrant son visage livide, comme s'il savait ce que son père lui voulait. *Qu'est-ce qui pourrait valoir un déplacement ?*

— Quand tu auras fini de t'amuser, j'aurai quelqu'un à te présenter. Elle a vingt-cinq ans et dirige une entreprise très prometteuse à Londres, c'est enfin l'occasion de concrétiser notre projet de longue date, d'autant que sa famille est tout à fait…

— Je te demande pardon ? le coupe précipitamment Smith.

La voix de Smith éclate dans la pièce, pleine de colère. Anna se lève en s'excusant et emmène Charline autre part, sentant venir la confrontation alors que j'écarquille les yeux sans savoir où me mettre. Smith tape du poing sur la table, hors de lui. *Est-ce qu'il insinue ce que je crois ?*

— Tu ne vas pas pouvoir t'amuser avec toutes ces femmes éternellement, explique son père.

— Si je le veux, je le peux. Tu ne me marieras pas, refuse catégoriquement Smith.

— Ne sois pas ridicule.

— Non, tu ne régis pas ma vie. Tu as cru que j'étais quoi ? Ton clébard ?

Je me sens minuscule entre ces deux hommes, et je me fais encore plus petite lorsque Liam s'en mêle.

— Smith a raison. Je vous ai laissé me marier avec Noémie et on sait tous comme ça a fini.

Smith remercie silencieusement son cousin, et je dévisage les trois hommes à tour de rôle. Alors c'est ça… C'est pour cette raison que Noémie a quitté Smith, pour un arrangement. Ils ont accepté un mariage d'affaires… Et cette simple idée me fait de la peine pour eux. On ne devrait pas avoir à passer sa vie avec quelqu'un sans le choisir. Comme dirait ma grand-mère, il faut suivre son cœur, car la raison ne rendra pas heureux. Le simple fait que le père de Smith ait pu penser qu'il pourrait forcer son fils à une telle chose prouve qu'il ne le connaît pas si bien.

Son paternel renifle d'un air dédaigneux, fixant son neveu et son fils de façon hautaine, et je me retiens de réagir.

— De toute façon tu n'as plus que ça à faire pour être utile à notre famille. Ce n'est certainement pas avec cette *fille* que tu as dû trouver parmi l'une de tes fréquentations douteuses que les choses bougeront…

Je me lève d'un bond, ne contrôlant plus ma colère, même si je sais que je ne devrais pas. Smith m'attrape le poignet, mais je me dégage rapidement pour rester concentrée sur son père. *Ça va cinq minutes de m'insulter !*

— Vous n'êtes qu'un pauvre con. Non, je ne suis pas millionnaire, mais j'ai deux choses que jamais vous ne pourrez acheter : une conscience et de l'amour propre. Je suis persuadée que votre fils est moins seul et bien plus heureux que vous ne le serez jamais. Vous allez finir par mourir isolé, seulement entouré de gens qui ne sont là que par intérêt, et quand vous regretterez de ne pas avoir votre fils près de vous, ce sera trop tard. Économisez votre salive pour sortir vos conneries à quelqu'un que ça intéresse.

Je me rassieds dignement pendant qu'il me dévisage avec mépris, Smith serrant ma main comme pour s'assurer que je ne rouvrirai pas la bouche. Je ne suis peut-être là que parce que je suis payée, mais je ne tolère pas qu'il rabaisse quelqu'un comme il le fait, encore moins en m'utilisant alors qu'il ne me connaît pas. *Et puis quoi encore ? Bientôt, il va m'insulter sur mes origines espagnoles ?*

— Eh bien. Vous avez de l'aplomb, jeune fille, mais utilisez votre langue pour autre chose.

Je lâche un rire scandalisé en le dévisageant. *Sale con !*

— Ne vous inquiétez pas, je sais faire beaucoup de choses de ma langue, contre-attaqué-je.

— Smith, sérieusement ! Tu ne vas pas rester avec cette mal élevée ?

Smith a l'air mal à l'aise face à son père, mais se redresse en toussant pour se redonner une contenance et je le dévisage, ne sachant pas quoi dire. Sa main se détache de la mienne, et alors qu'un sourire narquois prend peu à peu place sur ses lèvres, mon cœur s'emballe. *Il a une idée en tête, et je ne suis pas sûre de l'apprécier.*

— Mais si. On est même fiancés.

Je m'étouffe avec ma salive et le fixe avec de grands yeux, le corps tendu à l'extrême. Mon sang ne fait qu'un tour alors que je réalise ses paroles. *Bon sang ! Mais à quoi il joue !* Pourtant, il ne rattrape pas son mensonge, l'air fier.

— Désolé chaton, je sais que tu ne voulais pas que je l'annonce, poursuit Smith.

Bordel de merde. Il a osé. Je vais le tuer. Son père est sous le choc, autant que moi, car il dévisage son fils, le visage aussi blanc qu'un linge. Dans d'autres circonstances, j'aurais sûrement jubilé de voir un connard pareil pris de court, mais étant donné que je le suis aussi, je n'arrive plus à réflechir correctement. Pourquoi est-ce qu'il vient de dire que nous sommes fiancés ? Et est-ce que son père semble y croire ? Absolument…

Smith nous a fiancés.

Dans quel pétrin nous a-t-il fourrés ?

Chapitre 7

Je sors avec précipitation de la maison après avoir fait bonne figure devant son père, l'esprit en ébullition et les nerfs à bout. *Mais dans quoi est-ce que je me suis fourrée ?! Évidemment que j'aurais dû savoir que ça tournerait mal !* C'est une chose de jouer sa petite amie pour pouvoir payer les frais médicaux de ma grand-mère, mais jamais je ne ferai croire que je suis sa fiancée. S'engager là-dedans, c'est agrandir le mensonge… Et tout le monde sait qu'à trop mentir, on finit par se noyer, et pour éviter la noyade, la seule solution est de créer d'autres mensonges qui ne font qu'empirer la situation… Alors est-ce que je suis prête à le suivre là-dedans ? Non.

Je ne sais pas ce qu'il y a aux alentours de la propriété, mais je marche en m'aidant de mes béquilles pour me changer les idées. Je n'ai même pas démenti ses propos parce que, même si ça m'exaspère, je ne voulais pas le mettre en mauvaise position face au connard qui lui sert de père. Si j'avais dit que tout ceci était faux, Smith se serait retrouvé acculé face à son père qui tente de le marier, et je ne suis pas assez garce pour lui faire ça. On règlera ça entre nous, quand je me serai calmée.

J'entre dans le premier bar devant lequel je passe, et je vais me poser au comptoir, autant épuisée par la journée que par mon entorse. J'observe autour de moi d'un œil morne ; tout est presque vide et seule la musique permet une ambiance. *Super ambiance… Ce n'est pas ici que je vais me changer les idées.*

— Je vous sers un truc ?

Je sursaute et je me retourne vers un homme tatoué de partout, avec des yeux d'un bleu impressionnant. *Est ce qu'il porte des lentilles ?* Je secoue la tête pour chasser cette idée et je m'apprête à lui dire oui lorsque je me rends compte que je n'ai pas pris mon portefeuille. *Eh merde.*

Je m'affale sur le comptoir pour me prendre la tête dans les mains, à deux doigts de craquer.

— J'aimerais bien. Mais je n'ai pas de quoi payer.

Il m'observe d'une façon étrange avant de sortir deux verres à shot et de m'en servir un.

— Je vous l'offre. Vous avez l'air d'en avoir besoin.

— Si seulement vous saviez à quel point. Merci, soufflé-je en me passant une main sur le visage.

Je l'avale cul sec et il en fait de même avant de m'en servir un autre qui subit le même sort que le premier. Le liquide me brûle la gorge, mais ça m'aide à garder les pieds sur Terre, ça me permet de constater que tout ceci est réel, que ce n'est pas un cauchemar.

— Qu'est-ce qu'il vous est arrivé ? s'intéresse-t-il.

Il s'accoude en face de moi et me sourit gentiment comme si nous étions amis, l'air sûrement plus avenant que moi. J'ai toujours entendu dire que parler à un inconnu est le plus simple pour vider son sac… Et c'est le moment ou jamais de tenter.

— Je suis fiancée contre mon gré.

Il part dans un grand éclat de rire avant de comprendre que je ne plaisante pas, son visage se décomposant, et il me sert un nouveau shot.

— Vous êtes sérieuse ?

— Ouais…

— Waouh.

Sa réponse ne fait que me prouver que ma situation est plus que merdique. Comment fait-on pour se retrouver fiancée à mon âge ? Il est clair que c'est délirant. Je m'allonge à moitié sur le comptoir, dépitée par tout ce mensonge qui me dépasse déjà.

— Je sors avec quelqu'un, dis-je en évitant le principal, pour ne pas rompre la clause de confidentialité de mon contrat. Et pour défier son père, qui est au passage un vrai con, il a fait croire que nous étions fiancés… avoué-je.

Je suis presque sûre que ce mec doit me prendre pour une dingue, mais quoi de plus normal ? Ce n'est pas courant d'annoncer des fiançailles inexistantes… Mais je m'en moque, j'ai besoin d'évacuer tout ce que je ressens et peu importe avec qui. Je me fous de savoir s'il m'écoute, le principal c'est que je parle.

— Eh bien. Essayez d'arrêter ça avant le mariage, mais profitez-en pour goûter les gâteaux au moins, plaisante-t-il.

— Mais c'est que vous êtes drôle !

Je lève les yeux au ciel en souriant pendant qu'il lâche un rire carrément craquant. Il semble être drôle et gentil… Et dans une autre situation, peut-être que je me serais laissé tenter. Mais pour le moment, seul Smith hante mon esprit, et je suis incapable de penser à autre chose. *Bonne ou mauvaise chose, je ne sais pas.*

— Pourquoi m'offrir un verre ? Ce n'est pas vraiment le truc le plus économique pour vous… changé-je de sujet.

— Je suis pas le bar qui touche le plus d'argent, mais j'ai des clients fidèles justement parce que je ne pense pas qu'à ça. Alors si, c'est à mon avantage. Comme ça, la prochaine fois que vous serez déprimée, vous reviendrez peut-être ici.

Il me fait un clin d'œil suggestif et je ne sais pas si c'est mon cerveau embrumé par ces pauvres shots qui modifie ma perception, mais je suis presque sûre qu'il me drague. *C'est bien ma veine.*

Je finis par tenter de me relever, mais je perds l'équilibre en me penchant pour ramasser mes béquilles au sol. Le barman fait le tour du comptoir et m'aide à me mettre debout, un bras autour de ma taille.

— Vous vous appelez comment ? demandé-je alors qu'il m'aide à reprendre mon équilibre.

— Austin. Et vous ? demande-t-il.

— Beth.

— Et bien Beth, je crois qu'il est temps pour vous d'arrêter de boire.

Il rit légèrement et tente de m'emmener vers une banquette, mes béquilles dans sa main libre, lorsque Smith entre dans le bar, les sourcils froncés et le regard noir lorsqu'il m'observe. *Il manquait plus que ça.* Il s'avance avec précipitation vers Austin et moi, et je m'écarte pour m'interposer. *Ce n'est pas le moment pour qu'il déverse sa colère.*

— C'est quoi ce délire ? Je te cherche depuis plus d'une heure, et toi tu vas dans le premier bar venu ?! s'énerve Smith.

— On se calme mec. Je ne faisais que l'aider, se défend Austin.

— Après l'avoir saoulée ? Bien sûr. Je viendrai régler sa conso plus tard, mais ne t'attends pas à la revoir.

— Je lui offre. Ne vous embêtez pas à revenir.

Je lève les yeux au ciel, déjà exaspérée par le comportement de Smith. Ce n'est pas parce que nous recouchons ensemble qu'il peut être autoritaire.

— Merci Austin pour ton oreille et les verres, dis-je en récupérant mes béquilles.

— Si vous avez besoin, vous savez où me trouver.

Je souris au barman et Smith se crispe à vue d'œil, mais je m'en moque. Après ce qu'il vient de faire, je pense que ce n'est pas à lui de se plaindre. Je contourne mon faux petit ami pour atteindre l'extérieur, celui-ci sur mes pas, et il m'ouvre la portière pour me laisser monter, silencieux. Il démarre dans un bruit de moteur sonore et le bar s'éloigne à vue d'œil, me tirant un soupir. *Au revoir la paix…*

— Une heure, Beth. Ça fait une putain d'heure que je te cherche ! reprend-il finalement d'une voix tonitruante. T'es au courant que j'étais inquiet ?

— Pourquoi ? Je suis pas vraiment ta fiancée on s'en fout de ce qui peut m'arriver, raillé-je, mauvaise.

Smith me jette un regard courroucé avant de s'arrêter sur le bas-côté et de se tourner vers moi. Il pose ses mains de part et d'autre de mes épaules, la mâchoire serrée.

— Tu peux arrêter de me voir comme un con cinq minutes ? J'ai le droit de m'inquiéter pour mes amis. C'est dur à croire ?

— Ouais, on n'est pas amis, je te rappelle.

Je lâche un rire mauvais pour je ne sais quelle raison, sûrement les quelques shots de tequila qui me donnent du courage. Je n'ai pas d'amis. Personne ne m'aime assez pour me considérer comme telle. Mis à part ma grand-mère, je suis entièrement seule, alors qu'il ne me fasse pas croire qu'il se soucie de moi autrement, il saurait qu'il n'aurait jamais dû mentir comme il l'a fait, sans mon consentement. Mais contre toute attente, Smith ne se démonte pas, le regard un peu plus noir.

— Maintenant tu le sais. Je suis désolé pour ce que j'ai dit, mais je pense qu'on va attendre demain pour en parler, que les choses se calment.

Sur ces mots, il replace une des mèches qui s'est échappée de ma tresse, et il redémarre sans un regard de plus alors que je continue de le dévisager. Nous sommes de faux amoureux pour l'espace de quelques jours, mais je ne l'ai jamais considéré comme un ami. L'homme que je découvre aujourd'hui est bien différent de celui qu'il laisse apparaître à l'université. Mais cette histoire de fiançailles vient tout gâcher entre nous, et j'aimerais simplement tout oublier.

Alors lorsque nous rentrons à sa maison de famille, nous ne croisons ni son père ni la famille de son cousin, rejoignant directement la chambre, et j'ai une idée bien précise en tête pour nous changer les idées. Je m'allonge sur le lit et Smith se place à côté de moi, le dos contre la tête de lit. Je me redresse pour grimper à califourchon sur lui. Il dépose ses mains sur mes hanches, le regard brûlant, mais lorsque je m'approche pour l'embrasser, il me repousse. *Pourquoi ma journée ne fait qu'empirer ?*

— Stop, Beth.

— Pourquoi ? C'était bien, la dernière fois, entre nous…

Je tente de l'embrasser à nouveau, mais il détourne la tête, une expression sérieuse sur le visage.

— Tu n'as pas les idées claires, et je ne sais pas ce que tu as bu. Alors on va attendre d'être sûrs que tu n'as plus rien dans le sang, et ce soir on ira manger dehors pour éviter mon père et parler tranquillement. Puis quand on rentrera… Si ton programme n'a pas changé, je serai tout à toi.

Ma respiration s'accélère alors que je le dévisage un peu plus. Ma colère pour lui est aussi forte que le désir qu'il m'inspire et c'est bien ce qui me fait peur, parce que je me connais suffisamment pour savoir que ce mélange n'est pas bon, et qu'il pourrait me faire faire une connerie.

Chapitre 8

Posée dans le même bar qu'un peu plus tôt, j'attends que Smith prenne enfin la parole pour m'expliquer la situation. Je n'avais pas l'impression d'avoir l'esprit si embrumé, pourtant c'était bien le cas. En temps normal, jamais je n'aurais fait des avances à Smith alors que toute ma colère est dirigée contre lui. Son père nous a vu sortir et ne s'est pas gêné pour sermonner son fils, mais Smith l'a royalement ignoré avant de nous conduire en voiture dans un silence religieux.

Je désire Smith autant que je l'exècre et ça m'est difficile d'avoir les idées claires à cause de ces sentiments contradictoires. Je ne dis pas que j'apprécie qui il est, non, ce critère ne rentre pas en ligne de mire… J'ai simplement envie de le faire taire en l'embrassant, même si pour le moment, je n'en montre rien.

— J'ai racheté des préservatifs, dit-il en rompant le silence.

Je lève les yeux au ciel.

— Super. Ça va être très amusant de t'en servir tout seul si tu ne t'expliques pas.

— Ce n'est pas ce que tu disais tout à l'heure… raille Smith.

— J'ai repris mes esprits entre temps, rétorqué-je.

Smith éclate d'un rire sonore, comme si cette situation était comique et légère. Mais lorsqu'Austin, le barman, s'approche de nous pour prendre notre commande, mon faux petit ami perd son sourire et jette un regard mauvais à celui qui m'a offert quelques verres. J'écrase le pied de Smith sous la table pour lui intimer de la fermer, puis je me tourne vers Austin en souriant d'un air contrit.

— Encore désolée pour tout à l'heure, Austin.

— Oh, ne t'inquiète pas. J'ai vu bien pire que toi.

— Je suppose que je vais le prendre comme un compliment… plaisanté-je.

— C'en est définitivement un, reprend-il.

Il me fait un large sourire en ignorant Smith, puis passe à la table suivante après avoir pris nos commandes. Smith garde le visage fermé, le regard vissé sur moi et l'air mauvais.

— Donc tu m'embrasses la nuit dernière et tu te tapes ce mec aujourd'hui ? lâche-t-il, la mâchoire crispée.

— Bien sûr. Quand je rencontre quelqu'un pour la première fois, j'ai pour habitude de coucher avec dans l'heure qui suis, ironisé-je. Tu vas m'insulter de fille facile pendant qu'on y est ?

Smith croise ses mains sur la table, le corps tendu à vue d'œil, et je m'enfonce dans ma chaise. Je n'aime pas ce qu'il insinue – que je pourrais coucher avec le premier venu – autant que cette jalousie mal placée.

— Soyons clairs, Beth. Si on doit jouer ce petit jeu ensemble ces quelques jours, ce n'est pas pour que tu te tapes le premier barman venu, dit-il sérieusement.

Je lâche un rire incontrôlé, sidérée par ses propos. *Et puis quoi encore* ?

— Soyons clairs, Smith, dis-je pour reprendre ses mots. Je ne couche jamais avec plusieurs personnes en même temps, mais même si je le faisais, ce serait mon choix, libre à toi d'en faire ce que tu veux. On ne sort pas ensemble, tu n'as aucun ordre à me donner. Maintenant, explique-toi sur les conneries que tu as sorties à table.

La mâchoire de Smith se crispe un peu plus, son regard peu amène posé sur moi. Il sait que je ne plaisante pas. S'il y a bien une chose que je ne laisserais jamais faire, c'est qu'un homme vienne prendre le contrôle de ma vie. Je ne sais pas ce que je ferai dans les jours à venir, mais cela ne veut pas dire que Smith puisse se permettre ce genre de remarques, loin de là. Et s'il ne se justifie pas sur son idée de fiançailles, je mettrai fin à tout ceci, à regret, mais sans scrupule.

— C'est sorti tout seul, finit-il par avouer. C'était ça ou il allait tenter de me marier à je ne sais qui. Alors entre nous, je préfère être faussement fiancé à toi qu'à une de ces filles à papa.

— Et tu t'es demandé ce que moi je voulais ?

Il réfléchit à ma question et semble enfin comprendre où je veux en venir, son visage reprenant peu à peu un aspect normal. Il n'a pensé qu'à lui, pas à moi. Bien sûr que je comprends sa réaction, mais nous sommes deux dans cette situation, il ne peut pas faire ça sans mon accord. J'ai signé pour ces quelques jours, pas plus. Smith se passe une main dans les cheveux et détourne vite les yeux, à présent mal à l'aise alors que je le fixe tristement en mesurant peu à peu sa détresse. *Je crois qu'il a la frousse…*

— Je suis désolé. Je peux tout leur dire, si c'est vraiment ce que tu veux… commence-t-il.

— Est-ce qu'il compte réellement te marier ?

Il ancre ses prunelles dans les miennes et j'y lis cette peur dont je soupçonnais déjà l'existence. Smith ne veut pas se marier, et j'ai bien l'impression que son père serait capable de l'y forcer… Il est tout autant perdu que moi, si ce n'est pas pour les mêmes raisons.

— Oui. Mon oncle a bien marié son fils à Noémie. Ils se foutent des sentiments des gens. Peu leur importe de me savoir heureux, ce qui compte c'est que je sois riche. L'argent ne fait pas le bonheur, mais c'est un concept difficile à comprendre pour une personne dépourvue de cœur… soupire Smith.

J'ai de la peine pour lui, sincèrement. Je crois que je préfère être pauvre comme nous le sommes et avoir le choix de mon avenir que d'avoir à me plier aux désirs des autres. Mon enfance a été marquante, loin des existences heureuses des autres enfants, mais j'ai au moins eu la chance de faire mes choix seule, bons comme mauvais. Smith a perdu la femme avec qui il sortait à cause de ces arrangements, et aujourd'hui il devrait côtoyer une femme qui lui est étrangère et qu'il n'appréciera peut-être pas ? Cela ressemble bien à la promesse d'un avenir sans joie… Et je ne peux que comprendre sa détresse.

— Tu l'aimais, n'est-ce pas ?

Je sais que Smith ne parle que peu de l'ancienne femme de son cousin, mais je crois que j'ai besoin de tout comprendre pour prendre une décision. *Dire que suis en train de sérieusement penser à me fiancer pour de faux…*

— Autant que peut aimer un gamin, répond-il sans hésitation. Mais ça n'a plus d'importance aujourd'hui. Mes sentiments se sont taris avant son décès, parce que la fille dont j'étais tombé amoureux était devenue une femme bien différente. Ce n'est pas pour elle que je refuse cet arrangement, c'est pour moi. Je ne compte pas me marier par dépit ou pour les affaires.

— Pourquoi pas ? Ça te rendrait peut-être heureux.

Je n'en pense pas un mot. Jamais je n'accepterais une chose pareille, mais je veux avoir son point de vue sur tous les aspects. Smith me dévisage, exactement comme je l'espérais.

— Mais par principe, Beth. Je refuse de transformer l'institution du mariage en un contrat de travail à vie.

Je hoche la tête, parfaitement en accord avec ses mots. Jamais je n'aurais cru voir Smith si posé un jour, il semble mature et plein de valeurs. Ce ne sont pas des qualités que je lui aurais attribuées avant, parce que je n'ai jamais pris la peine d'apprendre à le connaître. Mais en le voyant aujourd'hui, je me rends compte que son air arrogant n'est qu'une façade, que derrière le masque se cache quelqu'un qui se bat pour sa liberté, pour ne pas être dirigé par un monde qu'il n'a pas choisi. Personne ne mérite d'être utilisé comme ça. Sa vie sentimentale ne devrait être régie que par lui-même, et si un jour il s'engageait avec quelqu'un, cela devrait être son choix.

Alors, je m'apprête sûrement à dire la plus grosse connerie de ma vie, mais une part de moi refuse de le laisser faire face à tout ceci seul… *J'ai toujours su que j'étais plus chevalier servant que princesse.*

— Alors je crois que tu vas devoir m'acheter une bague.

Chapitre 9

De retour à la maison de famille des White, je me suis immédiatement enfermée dans la chambre en abandonnant Smith aux mains de son père. J'ai besoin d'être un peu seule pour digérer les derniers événements. Je viens d'accepter de dépasser les clauses de mon contrat simplement pour aider Smith, les gens vont nous penser fiancés… Et il va me falloir quelque temps pour réaliser ce que je viens de faire.

Je me pose au bord du lit, mon portable à la main et un contact ouvert prêt à être appelé. Ma grand-mère est la seule personne à qui je peux parler de tout mis à part de ce foutu contrat. Pourtant, même si elle n'a pas le droit de connaître la vérité sur ce qui se passe aujourd'hui, le simple fait de lui parler va me détendre, comme toujours. Il faut que je me vide la tête avant de devenir dingue. Toute la situation me dépasse… J'étais partie dans le but de payer ses frais médicaux, et après ces quelques jours, tout devait revenir à la normale. Et voilà que je me suis retrouvée à embrasser Smith et qu'à présent, sa famille nous pense fiancés.

J'appuie sur le petit téléphone vert dans l'espoir d'avoir ma grand-mère au téléphone, et j'approche le combiné de mon oreille, attendant patiemment qu'elle décroche.

— *Niña*. Je pensais à toi, résonne la voix de ma grand-mère.

— Moi aussi Mamita. Tout se passe bien ?

— Oh oui. *El niño* est très beau, mieux que la télé.

Je ris sans m'en cacher à l'entente de sa remarque. Ma grand-mère a toujours été comme ça, elle dit tout ce qui lui traverse l'esprit, et c'est bien l'une des seules choses qui me faisait sourire lorsque les choses n'allaient plus, il y a quelques années. Elle est mon rayon de soleil.

— Et comment ça va avec Sacha ? Tu arrives à suivre avec ta cheville ? s'inquiète-t-elle.

Je me pince l'arête du nez, cherchant la meilleure façon de répondre. *Un jour, mes mensonges me rattraperont.*

— Ça va. C'est même plus amusant que je ne le pensais. Même si j'ai été prise au dépourvu par quelques détails, avoué-je.

— Le sport n'est pas facile, je comprends *niña*.

— C'est ça, oui, dis-je en retenant un gloussement.

— D'ailleurs, Beth, pourquoi as-tu fait des folies ?

Je perds presque immédiatement mon sourire, le visage sûrement livide alors que je fixe le vide. *Des folies ? Est-ce qu'elle a appris pour mon contrat avec Smith ?*

— De quoi tu parles… ?

— Du bouquet, *niña*. Le gros bouquet de roses rouges… Il y avait mon nom et un « SW ». Pourquoi tu ne m'as rien dit ?

SW. Smith White.

J'ouvre et referme la bouche, perplexe, avant de soupirer, un sourire aux lèvres. Je ne sais pas pourquoi il a fait une chose pareille, mais une chose est sûre, le sourire que je perçois sur les lèvres de ma grand-mère à travers le téléphone vaut tout l'or du monde.

— Ça t'a fait plaisir ? demandé-je.

— Oui, très. Mais ne dépense pas autant pour moi.

— Ne t'inquiète pas pour ça.

Je l'entends bâiller à l'autre bout du fil, alors que je ferme doucement les yeux, épuisée aussi.

— Je vais te laisser, *niña*. Je fatigue. Je t'aime.

— Dors bien. Je t'aime aussi.

Je raccroche à contrecœur et je découvre sans surprise Smith dans l'embrasure de la porte, les yeux fixés sur moi. Je ne lui souris pas, me contentant de l'observer en retour, le corps tendu comme chaque fois que nous nous retrouvons dans la même pièce depuis notre arrivée à Dundee, à croire que mon corps reconnaît le sien. Je vais mettre mon téléphone à charger pendant que je sens son regard, mais il n'amorce aucun pas vers moi, se contentant d'observer de loin alors que j'espère intérieurement qu'il tente quelque chose.

— Tu n'aurais pas oublié de me dire quelque chose ? dis-je en lui jetant une œillade.

Smith sourit largement, le regard malicieux.

— Ça lui a plu ? demande-t-il seulement.

— Donc le bouquet est bien de toi, conclus-je. Pourquoi avoir fait ça ?

Je me laisse tomber sur le lit et Smith me rejoint, un sourire étrangement sincère sur les lèvres. Il s'assied tout près de moi, sa cuisse frôlant la mienne, et mon regard plonge dans le sien sans que je ne puisse le détourner, mon corps parcouru de frissons.

— Si je te le dis, est ce que ça reste entre nous ? souffle-t-il.

— Bien sûr que oui, promis-je.

Il se laisse tomber en arrière et croise les bras derrière sa tête sans pour autant détourner son attention de moi.

— Ma mère est tombée malade quand je suis entré à l'université, une maladie cardiaque. Je ne pouvais pas venir la voir à l'hôpital tous les jours, alors les jours où je n'étais pas là, je lui faisais livrer un bouquet. Je me suis dit que ta grand-mère apprécierait le geste en ton absence, dit-il comme si de rien était.

Je le fixe comme si je le rencontrais pour la première fois. En plusieurs longues années, je n'ai jamais soupçonné qu'un homme si bienveillant se cachait derrière cette carapace aux apparences trompeuses. Il a plus de cœur qu'il ne le laisse paraître, et si je ne voulais pas à tout prix protéger les autres de moi, je crois que j'aurais apprécié prolonger cette passade entre nous. Je lui souris sincèrement, le cœur battant la chamade, surprise par cette initiative qui me va droit au cœur et touchée de le voir me confier un détail aussi intime.

— Merci, Smith. Et je suis désolé pour ta mère, ça n'a pas dû être facile.

— Je suppose que tu comprends… déclare-t-il, le regard dans le vide.

Tout mon corps se tend alors que mon esprit s'embrume face aux nuages que représentent mes souvenirs, et je dévisage Smith. *Que veut-il dire par là ? Qu'est-ce qu'il sait* ? Je ne supporterais pas de faire face à son regard.

— Pourquoi tu dis ça ?

Smith fronce les sourcils en se tournant vers moi, signe qu'il ne comprend pas ma réaction, et une part de moi espère qu'il n'a rien pu découvrir sur mes actes passés.

— De ce que j'ai compris tu es orpheline. Ta grand-mère t'a élevée, non ?

— Et tu sais ça d'où ? De tes petits dossiers ?

Mon ton se veut plus froid que je ne le voudrais, mais je ne peux pas m'en empêcher. Je dois savoir jusqu'où son détective a pu aller, il ne doit pas apprendre ce qui est arrivé. Malheureusement, ma réaction attise sa curiosité, et Smith se redresse pour m'observer. *Je viens de creuser ma tombe.*

— Mon détective m'a dit que ton casier était scellé… Ça a un rapport, n'est-ce pas ?

Je secoue la tête et me lève en vitesse. Je refoule les quinze premières années de ma vie depuis longtemps, je refuse que tout remonte à la surface maintenant, pas alors que les choses sont enfin stables.

— Ça ne te regarde pas, lâché-je en me détournant.

— Je veux juste te comprendre, Beth.

— Peut-être que je ne veux pas être comprise, rétorqué-je.

J'ai bon espoir qu'il abandonne, mais au lieu de ça il vient se placer dans mon dos et me serre contre lui. Cette douceur n'a pas lieu d'être, nous sommes en privé et personne ne nous regarde, pourtant je ne peux pas m'empêcher de savourer cette étreinte tout en restant muette. Il n'apprendra pas à me connaître. Quand il me ramènera à Édimbourg, les choses se termineront, et nous n'échangerons plus qu'un signe de tête discret sur le campus lorsque nous nous croiserons. Il ne découvrira pas mes secrets, et je ne les lui partagerai pas.

— Pourquoi tu ne veux pas me le dire ? souffle-t-il.

— Parce que tu n'es personne pour moi. Après ce contrat, tu redeviendras celui que je croise sur le campus et rien d'autre, réponds-je avec une honnêteté qui me serre le cœur.

— Et si je n'en avais pas envie ? On pourrait continuer notre arrangement…

Mon palpitant accélère dangereusement, même si je sais que je ne dois rien espérer. Est-ce que moi aussi je veux explorer l'alchimie entre nous ? Pour de vrai, sans contrat ? Dire non serait mentir. Mais pour le moment, mon célibat me convient, car si je n'ai jamais fait durer mes relations, c'est parce que je ne le voulais pas, et je n'ai pas changé d'avis. Les gens sont mieux loin de moi.

— Pourquoi tu le voudrais ? Tu peux avoir une fille différente par soir, pourquoi te prendre la tête avec moi ? demandé-je tout de même.

— Je sais m'amuser et passer du bon temps, et j'ai envie de le faire avec toi. On continuerait cette mascarade aux yeux de mon père pendant que l'on passera du bon temps ensemble, sans se mentir sur nos vraies intentions.

Pas de sentiments, juste du sexe et pourquoi pas de l'amitié…

— Dis-moi ce qu'il s'est passé, ça te fera du bien d'en parler, reprend Smith.

Je reste muette quelques instants, trop incertaine pour dire quoi que ce soit. Je n'en ai plus parlé depuis une éternité, et ça ne changera pas aujourd'hui, pas pour lui. Je préfère encore le laisser dans le flou et le blesser que de lui dire les choses telles qu'elles sont et qu'il comprenne qu'il doit me fuir…

— Tu n'es rien pour moi et ce n'est pas maintenant que ça changera. Notre petit arrangement, OK, les confidences larmoyantes, tu oublies, dis-je pour clore le sujet une fois pour toutes.

Je me défais de son étreinte et je sors de cette chambre qui commence à m'étouffer sans un regard pour lui. Je sais que si mon regard croise le sien, je serais tentée de rester, et je ne le veux pas. Je ne dois pas le laisser m'atteindre et rouvrir des blessures qui ne se sont jamais vraiment refermées. Je me moque d'être en pyjama, de vagabonder dans une maison qui n'est pas la mienne, tout ce que je veux c'est m'éloigner de Smith et de cette vérité qu'il ne devrait pas chercher au risque que tout soit terminé entre nous.

Chapitre 10

Assise en boule sur le canapé du plus grand salon, je fixe le sol sans grand intérêt. Je me sens vide. Comment les choses peuvent-elles avoir tant changé en deux petites semaines ? J'ai perdu mon travail et accepté un contrat qui va me permettre d'être plus à l'aise financièrement cette année, et voilà que je sors pour de faux avec un type qui me plaît pour de vrai. Est-ce que les choses pouvaient être plus complexes ? Je ne pense pas…

Et pour couronner le tout, Smith s'intéresse un peu trop à ma situation familiale. Il ne remontera jamais la trace de mes parents, mais il pourrait retrouver Imane… Et s'il y a bien une chose que je ne veux pas, c'est ça. Ma sœur doit rester loin de moi, et c'est bien pour cette raison que je ne l'ai pas vue depuis huit ans. Elle est sûrement plus heureuse ailleurs, et c'est la seule chose que je désire.

Je renifle de façon peu gracieuse, retenant des larmes de détresse de couler, et lorsque des pas se font entendre, je me passe une main sur le visage pour tenter de masquer mes émotions. Je refuse que Smith ou qui que ce soit d'autre me voie aussi vulnérable.

— Est-ce que ça va ? résonne la voix d'Anna dans la pièce.

Je lui jette un regard désabusé, mais elle ne se démonte pas et pose une main sur mon bras comme si elle comprenait ne serait-ce que la moitié de mes pensées.

— Tu t'es disputée avec Smith ? poursuit-elle.

Je souffle d'agacement, les genoux toujours repliés contre moi. *Pourquoi ne puis-je pas juste rester tranquille ?*

— Tu vas jamais lâcher l'affaire ?

Elle secoue la tête fièrement avant de prendre place à côté de moi, un sourire aux lèvres et une main posée sur son ventre encore plat. Je l'envie, sincèrement. Les seuls problèmes qui la préoccupent sont de savoir quel sera le sexe du bébé et si elle aura des nausées le matin. Elle respire la joie de vivre, sa vie semble parfaite… Mais tout n'est jamais aussi parfait pour moi.

— Je n'ai aucune envie de te parler, Anna.

— Pas besoin. Je sais déjà ce qu'il se passe.

— Quoi ?

Ma voix est devenue aiguë, soudain prise de panique. *Non, non, non.* Je me tourne complètement vers elle en tentant de ne pas laisser paraître ma panique. *Ce n'est pas possible.* Je sais que Smith ne lui a rien dit et elle ne peut pas le deviner toute seule, non ? Nous avons été discrets. Mais le regard que me renvoie Anna n'annonce rien de bon.

— Je sais à quoi ressemble un couple, et vous n'en êtes pas un avec Smith. C'était assez logique, en fin de compte, tout est faux. Même si je suis surprise de voir votre complicité quand personne ne vous regarde. Je ne te juge pas, Beth, mais sache que j'ai compris les choses, si tu as besoin de parler.

Mon cerveau est en surchauffe et je reste hébétée par son aveu, la mâchoire presque décrochée. Le père de Smith n'a rien vu, trop centré sur lui-même, et même si je sais qu'Anna n'est pas de ceux qui s'amuseraient à en parler, je ne suis pas rassurée. *Si elle le sait, qui d'autre ?*

— Je ne vois pas de quoi tu parles. Je crois même que c'est assez flagrant que nous sommes ensemble, dis-je pour tenter de sauver les pots cassés.

— Oh, je t'en prie. Tu n'as pas besoin d'être avec quelqu'un pour coucher avec ou l'embrasser passionnément.

Anna se mord la joue comme pour s'empêcher de rire et elle me fixe avec un air rieur. Mes épaules s'affaissent lorsque je réalise que je ne pourrai pas nier la vérité, et je me passe une main sur le visage.

— Est-ce que tu l'as dit à Liam ? soufflé-je.

Elle secoue vivement la tête.

— Non. Moins de gens le savent, plus votre comédie durera, je suppose.

— Merci… soufflé-je.

Je lui renvoie un regard reconnaissant et nous restons de longues secondes dans le calme, mon regard fixé sur la fenêtre qui laisse apparaître la nuit noire. Qui aurait cru que je me retrouverai ici avec Anna ?

— Beth ? attire-t-elle mon attention.

— Quoi ?

— Est-ce que tu ressens des choses pour Smith ?

J'écarquille les yeux en la dévisageant, outrée par cette simple question. La seule chose que j'avouerais ressentir pour Smith, c'est du désir ou de l'agacement. Alors oui, je ressens des choses… mais certainement pas ce à quoi Anna pense.

— Non. Je ne ressens rien pour Smith, alors ne te fais pas d'idées.

— Tu défends tes sentiments avec trop de ferveur pour ne rien ressentir, Beth.

— Mais je ne *veux* rien ressentir pour lui.

Ces mots sont sortis tout seuls, plus vrais que je ne le voudrais. Le voilà mon vrai problème : je ne suis pas sûre d'arriver à me barricader encore longtemps. Je ne veux pas tomber amoureuse, je ne vais pas aimer quelqu'un plus que ma propre vie, parce que j'ai déjà ressenti un amour si fort qu'il m'a poussé à commettre la pire des choses. Alors ce n'est peut-être pas tout à fait le même sentiment, mais le résultat est trop similaire pour que je prenne le risque d'alourdir le poids qui pèse sur mes épaules…

— Mais Beth, tu ne peux pas tout contrôler. Tu crois que j'avais envie de tomber amoureuse de Liam ? Il était enfermé dans sa bulle, à ruminer son chagrin, mais je suis tombée amoureuse de tous ses bons côtés. De ses moments de douceur, de son esprit taquin… Et je suis sûre que tu vois ces choses-là chez Smith.

Je secoue vivement la tête pour la contredire. Elle a tort, nos situations n'ont rien de comparable, parce qu'elle et moi n'avons rien de comparable. Le problème n'est pas Smith, c'est moi, et elle ne pourra sûrement jamais le comprendre.

— Pourquoi tu défends Smith alors qu'il a tenté de te mettre dans son lit alors que tu étais déjà avec ton mari ? demandé-je pour changer de sujet.

Elle soupire doucement et se cale dans le canapé, une main caressant son ventre et le visage songeur. Elle a l'air de replonger quelques années en arrière, quand les deux cousins se battaient pour elle, et je l'observe jusqu'à ce qu'elle ouvre la bouche.

— Parce que ça m'importe peu. Je voulais Liam, et la seule chose que je pouvais accorder à Smith était mon amitié, peu importe s'il ne pouvait pas s'en contenter. Alors entre nous, j'aimerais mieux voir Smith tourner la page et avancer avec quelqu'un que le laisser observer le bonheur des autres sans se créer le sien.

Je reste songeuse, le regard perdu dans le vide. Observer le bonheur des autres est un peu devenu mon quotidien… Parce que je n'arriverai jamais à créer le mien. J'ai détruit ma famille, j'ai fait du mal dans le seul et unique but de protéger ma sœur, alors je ne serai pas celle qui aidera Smith à tourner la page. Aussi tentante soit cette idée. C'est un jeu dangereux que de rester proche malgré tout et je vais finir par me brûler les ailes, je le sais. Mais pour le moment je préfère l'ignorer.

— Smith ne veut rien de sérieux, il l'a lui-même dit. Et je ne le veux pas non plus, me confié-je.

Anna lâche un rire à l'entente de ma remarque et je la dévisage avec perplexité. Pour une raison qui m'échappe, je me confie à elle, et je ne suis pas sûre d'apprécier de la voir se moquer…

— Et tu y as cru ? Avec le temps, j'ai appris à ne plus me fier à ce genre de mots. Liam disait la même chose, qu'il ne voulait plus personne après le décès de sa femme. Est-ce qu'il a l'air de ne rien vouloir de sérieux, à présent ? Smith est pareil, il a juste besoin d'être guidé en amour.

Je lève les yeux au ciel.

— Dommage, je ne suis pas un GPS.

Anna rit de bon cœur et j'en fais de même, l'ambiance est plus détendue. J'observe cette fille que j'ai longtemps détestée avec un œil nouveau, me rendant compte que j'ai laissé ma jalousie m'aveugler. Elle est loin d'être détestable et insupportable… Elle est même plutôt l'inverse. La preuve en est, elle n'était pas obligée de venir me parler et de m'écouter, pourtant elle l'a fait. Je ne peux pas la blâmer d'avoir eu une vie à l'opposé de la mienne.

— Même si votre relation est fausse, il y a quand même l'air d'y avoir quelque chose entre vous.

Peut-être que je me voile la face, mais peu importe, c'est le mieux pour tout le monde. Je me relève en rabaissant le haut de mon pyjama, et je renvoie un sourire crispé à Anna qui m'observe avec compassion.

— Je vais aller me coucher. Merci et… félicitations pour le bébé.

Je tourne les talons sans plus attendre, l'abandonnant dans le salon, et je remonte jusqu'à l'étage pour rejoindre Smith qui doit sûrement ruminer autant que moi. Je le trouve assis au bord du lit, la tête entre les mains. Lorsqu'il relève la tête, c'est un regard noir qui rencontre le mien, et je soupire sachant pertinemment que mes mots sont responsables de sa colère.

— Anna sait pour nous deux. Elle a compris toute seule.

Je lâche ma bombe, mais Smith ne réagit pas. Je m'approche de lui jusqu'à me placer tout près, calée entre ses jambes. Je l'ai blessé pour me protéger et je n'aurais peut-être pas dû. Toutes ses attentions me vont droit au cœur, et parce que j'ai pris peur qu'il découvre la vérité, j'ai jugé bon de me montrer méchante au lieu de dialoguer… Je ne ferai pas cette erreur deux fois.

— Je suis désolée pour ce que j'ai dit.

Le silence de plomb perdure, et je serre les paupières avant de trouver les mots justes.

— Je cherchais à être méchante pour t'éloigner, je le regrette.

— Tu le pensais ? finit-il par répondre d'une voix dure.

— Si je pensais quoi ?

— Tu as dit que je n'étais rien pour toi. Tu le pensais ? T'es là et tu fais tout ça uniquement pour l'argent ?

Ses mots devraient me blesser, mais je sais qu'il a vraiment besoin d'en avoir le cœur net après tout ce que j'ai pu dire. Il mérite au moins de savoir que peu importe ce que nous partageons, les choses sont réelles.

— Je… non. Il faut juste que tu comprennes que le passé doit rester là où il est, ne t'attends pas à ce que je te confie tous mes secrets.

Je n'ose pas amorcer le moindre geste, et je me contente de continuer à l'observer avec attention. Smith finit par attraper mon bras, et il tire dessus en un geste doux pour me rapprocher avant de poser ses mains de part et d'autre de mes hanches. C'est difficile pour moi d'être honnête avec lui tout en sachant que je ne peux pas lui parler de ce que j'ai fait sans tout gâcher.

— La prochaine fois, dis-moi ça avant d'être peste.

Je souris, amusée par ses mots.

— On verra.

— En attendant, j'ai quelque chose pour toi.

Il glisse une main dans sa poche et en sort un petit bijou qu'il me tend, et j'attrape l'anneau en or blanc serti d'un brillant avant de l'enfiler, surprise que la bague m'aille. Jamais je n'aurais cru mettre un si gros caillou à mon doigt un jour, alors je peux au moins profiter de la beauté de cette bague le temps que je devrais la porter. Je continue d'observer le bijou, un sourire moqueur aux lèvres, alors que Smith me dévisage.

— Si tu me dis que c'est une bague de famille, sois sûr que je la retire immédiatement.

Il éclate d'un rire sonore avant de me prendre la main pour observer la bague.

— Détends-toi, chaton. Ce n'est qu'un bijou parmi tant d'autres qui est resté enfermé dans notre coffre. Il n'a appartenu à personne de particulier.

Il rit avant de me repousser, et je l'observe, perplexe. Il prend tout ça avec tellement de légèreté… À croire que ces fausses fiançailles ne représentent rien pour lui, alors que je ne peux plus détacher mon attention de ma main où trône la bague. *Dire que je me lance sérieusement là-dedans…* Smith revient et me tend une boîte bien reconnaissable, un sourire mutin sur les lèvres.

— Oh. Un cadeau de fiançailles ? C'est tellement attentionné.

Je pose négligemment la boîte de préservatif sur la commode et je lui souris en secouant la tête. J'aimerais tellement être plus détendue, pouvoir arrêter de penser, et simplement profiter… Mais avant de me laisser aller, il y a encore des détails à aborder.

— Jusqu'à quand va devoir durer cette comédie ? demandé-je.

J'ai besoin de savoir jusqu'où tout ceci va aller et d'être fixée avant de reprendre les choses là où nous les avons laissées.

— Laisse-moi deux semaines de plus. Je me débrouillerai pour le reste, répond Smith, l'air sérieux.

Je hoche doucement la tête, bien consciente qu'il a besoin de temps pour s'assurer que sa situation est stable. J'aimerais pouvoir l'aider davantage, mais je ne vois pas ce que je pourrais faire. Je m'assieds sur le lit et Smith me rejoint sans attendre en me poussant sur le matelas, le regard à la fois sérieux et affamé.

— Donc… à notre retour à Édimbourg, on continuera à se voir ? souffle-t-il.

— Non. On est amis, dis-je sans en penser un mot.

— Amis ? Vraiment ? On va voir ça…

Il n'en attend pas plus et m'attrape pour me soulever et nous diriger vers le lit sur lequel il me jette sans ménagement. Ses yeux sont voilés lorsqu'il m'observe, et je frissonne en imaginant déjà la suite de ce qu'il me réserve. Ses gestes sont habiles, expérimentés, et ses caresses me donnent l'impression d'un électrochoc qui vient griller chacun de mes neurones. Je soulève mon bassin pour le rapprocher du sien, lui signifiant mon empressement apparent, et Smith vient plaquer son érection contre mon intimité encore couverte, alors que ses lèvres parcourent mon cou.

Il déboutonne mon jean sans plus attendre et le baisse avant de s'attaquer à mon tanga pour que je me retrouve complètement nue sous lui. Je m'attends à ce qu'il enlève son jean à son tour, mais au lieu de ça il me retourne et je me retrouve avec la joue plaquée sur le matelas et le bassin rehaussé à cause de son bras sous mon ventre. *Oh bon sang…*

— Dernière chance de changer d'avis, murmure Smith en s'approchant de mes fesses. Qu'est-ce que tu choisis ?

Sa main passe sous mon haut et s'approche dangereusement de ma poitrine mettant mon cerveau en mode off. *Est-ce que j'hésite vraiment ? Bien sûr que non.*

— Oui.

À ses mots, j'entends la boucle de sa ceinture se défaire et je sens vite son érection contre mes fesses, et Smith attrape un préservatif et du lubrifiant alors que mon cœur s'accélère violemment, mon corps impatient. Lorsqu'il me pénètre d'un geste vif, je serre le drap de mes doigts, Smith ne bougeant plus pour le laisser m'habituer à sa présence à l'intérieur de moi. *Ça m'avait tellement manqué !*

Lorsque Smith commence à se mouvoir en moi, j'étouffe mes gémissements à travers mes doigts, les mains de Smith sur mon clitoris ne faisant qu'augmenter mes sons de plaisirs. Son autre main vient se poser sur la chute de mes reins alors que ses mouvements se font de plus en plus rapides, et je sens l'orgasme monter en moi, aussi fort qu'une piqûre d'adrénaline. Je me contracte autour de sa verge, mais Smith se retire et me retourne pour entrer en moi par devant. Mes yeux rencontrent enfin les siens, reflétant cette excitation que nous partageons, et Smith vient relever mon haut jusqu'à me coincer les poignets au-dessus de la tête.

— Qu'est-ce que tu fais ? gémissé-je.

Sa bouche se dépose dans mon cou et je le sens mordre la peau fine de ma clavicule.

— Laisse-toi aller.

Il commence à se mouvoir en moi et je perds le peu de raison qu'il me reste. Je hoche la tête et j'essaie de ramener mes poignets liés pour rapprocher son visage du mien, mais il les plaque contre le lit avec force. Ses mains dérivent ensuite vers ma poitrine qu'il malmène sous mes gémissements encourageants, et il me laisse enfin atteindre la jouissance en un mouvement de va-et-vient qui se fait de plus en plus profond.

Je me sens vivante dans ses bras et j'ai l'impression de pouvoir tout oublier, comme un remède aux malheurs du monde. *Mon passé, ce que j'ai fait, ce que je suis.* En cet instant, je ne suis qu'une femme profitant de l'étreinte d'un homme, et cette situation me convient plus qu'elle ne le devrait.

Chapitre 11

Après m'être extirpée des bras de Smith, je descends au rez-de-chaussée pour me poser sans le réveiller, le soleil commençant déjà à se lever. Je retourne dans le même salon où je me trouvais la veille, et je m'affale sur le canapé tout en feuilletant l'un des livres que nous devons étudier pour nos examens de fin d'année, même si la concentration n'est pas au rendez-vous. J'ai encore une fois très peu dormi, mais c'est précisément ce que je voulais. Chacune des caresses de Smith m'a procuré de doux frissons et ses baisers m'ont tiré des gémissements qui ont sûrement résonné dans toute cette vieille demeure malgré mes tentatives de discrétion.

Je tourne une page sans même avoir réellement lu la précédente, mais je referme vite le livre lorsque mon regard se pose sur le père de Smith, dans l'encadrement de la porte.

Je me lève, le corps tendu par cette présence inattendue, sans montrer mon angoisse de me retrouver seule face à lui.

— Je peux faire quelque chose pour vous aider ?

Il s'approche de moi de quelques pas, et je me décale jusqu'à me caler près de la bibliothèque vitrée, le regard méfiant.

— Disons que je souhaite obtenir ce que je désire, et que vous allez m'y aider, dit-il en me tendant un papier.

J'attrape cette petite feuille par simple curiosité, et mon souffle se coupe lorsque je découvre un chèque rempli à mon nom. *Mais qu'est-ce qu'ils ont tous à me proposer de l'argent ?*

— Quittez mon fils, et ce chèque est à vous.

Je le dévisage un instant pour aviser de son sérieux, puis j'éclate de rire sans pouvoir me retenir. Mais quel genre d'homme est-il ? Il serait capable de me payer pour s'assurer du malheur de son fils et assurer la richesse de sa famille ? Je le trouve minable, et même si un contrat ne me liait pas à Smith, jamais je n'accepterais une telle chose.

— Vous pensez pouvoir tout acheter, n'est-ce pas ?

— Je ne pense pas, je le sais, répond-il avec assurance.

— Alors vous allez être déçu d'apprendre que vous pouvez vous le mettre là où je pense, votre argent.

Je broie le chèque entre mes doigts avant de le laisser tomber au sol, et je le contourne pour le fuir aussi vite que le permet ma cheville, mais ses doigts agrippent fermement mon bras pour me retenir. Je tourne vivement la tête vers lui, la mâchoire crispée avec l'envie furieuse de lui en mettre une. *Il ne devrait pas jouer à ça avec moi.*

— Lâchez-moi. Tout de suite.

— Croyez-moi, mieux vaut m'avoir en ami qu'en ennemi. Réfléchissez bien.

— Mais c'est tout réfléchi. Allez vous faire foutre.

Je regrette immédiatement mes paroles lorsque je vois son visage se crisper et ses doigts me serrer le bras plus que de raison. *Pour une fois, j'aurais dû fermer ma grande gueule et prendre la fuite.*

— Je vous laisse une dernière chance d'accepter mon offre, poursuit-il.

— Et moi je te laisse une chance de la lâcher. Si tu ne le fais pas, j'appelle Smith et je pense que nous savons tous les deux qu'il te remettra à ta place avec bien plus de violence, intervient Liam dans mon dos.

Le doyen des White lâche brusquement mon bras pour se tourner vers son neveu, et j'adresse un sourire de remerciements à Liam. Celui-ci secoue la tête en lâchant un rire mauvais, le regard triste.

— Pourquoi reproduire les erreurs de mes parents ? Forcer Smith à se marier n'apportera rien. S'il est heureux avec Beth, laisse-le faire sa vie.

Je suis surpris de voir le cousin de Smith prendre sa défense, mais je ne dis rien, observant cet échange, les bras croisés contre ma poitrine.

— Je fais ce qui doit être fait. Cette fille n'apportera rien à Smith, répond White.

— Et tu crois que la payer pour qu'elle parte est la solution ?

— Payer qui ? intervient Smith, arrivant avec Nala aux pieds.

Je soupire en me passant une main sur le visage, déjà lasse de cette situation. Peut-être que ma famille est détruite par ma faute, mais j'ai au moins la chance d'avoir un foyer sain.

— Me payer moi pour te quitter. Ton père pensait qu'avec un gros chèque, je tournerais le dos à mon *fiancé*, dis-je en appuyant sur le dernier mot.

Smith dévisage son père, les épaules basses, comme s'il pouvait encore être déçu par son géniteur.

— J'en ai marre. Tu ne penses qu'à toi, et ça ne changera jamais. Si maman était encore là, elle serait déçue de voir ce que tu es devenu et ce que tu serais prêt à faire pour arriver à tes fins… J'abandonne. Liam m'a convaincu de venir, sous prétexte que c'est important, mais je ne céderai plus. À partir de maintenant, je refuserai tout venant de toi, c'est fini. Je coupe les ponts.

La sincérité avec laquelle Smith dit ces mots me serre le cœur. Il ne devrait pas avoir à faire face à un père qui souhaite son malheur… Comme je n'aurais jamais dû affronter les horreurs que j'ai affrontées. Malheureusement, la vie est faite d'épreuves, et si couper les ponts peut apporter la sérénité à Smith, alors c'est la meilleure chose à faire.

— Tu regretteras tes mots et tu reviendras la queue entre les jambes quand tu comprendras que cette fille ne vaut rien, crache son père.

— Ne prends pas tes désirs pour des réalités. Je ne suis pas aussi désespéré que toi.

Smith se détourne de son père pour venir prendre ma main, et il me tire hors de la pièce, laissant son cousin et son père en tête à tête pour nous permettre de rejoindre notre chambre. Une fois en haut, Smith commence à vider toutes les étagères sous mon regard perplexe, ses mouvements guidés par la colère et sa mâchoire crispée.

— On s'en va ? demandé-je.

— Oui. Je ne resterai pas une minute de plus ici. J'avais bon espoir que présenter une fausse petite amie le calmerait, mais rien ne changera ce qu'il est. Il est con et aigri, et seuls ses intérêts l'intéressent. Rester ne sert plus à rien.

Je déglutis sans le contredire, sachant pertinemment qu'il a raison. Rester ne rime plus à rien.

— Si ton père n'est plus là, on n'a plus de raison de jouer la comédie ? demandé-je du bout des lèvres.

— Non. On pourra faire ce qu'on veut.

Je décèle une pointe de tristesse dans sa voix, mais j'essaie de ne pas y faire attention, ayant moi-même le cœur serré. Ça ne fait que trois jours que tout ceci a commencé… Pourtant j'ai l'impression que ça fait une éternité, et je n'ai pas réellement envie que cette passade ne se termine. Smith se tourne vers moi et réduit la distance qui nous sépare avant d'encadrer mon visage de ses mains, le regard sérieux.

— Je suis tellement désolé que tu te sois retrouvée face à lui.

— Arrête de t'excuser.

Je retire ses mains de mon visage pour m'asseoir au bord du lit, et je fixe mon bras ou des traces de doigts commencent à apparaître. Smith les remarque aussi, et il se passe une main sur le visage, l'air à bout de nerfs.

— Je range nos affaires et on y va. Je ne veux pas rester ici une minute de plus. Où sont tes béquilles ?

Je le laisse ranger tout pendant que j'enfile un pull pour le voyage, puis je l'aide à compléter nos affaires dans nos sacs respectifs. Lorsque tout est empaqueté, Smith charge la voiture pendant que j'attends à l'intérieur de la maison, le regard perdu dans le vide. *Pourquoi tout doit changer si vite ? Je n'en peux plus d'être prise au dépourvu.* Je relève la tête lorsqu'Anna s'arrête devant moi avec Charline, leurs manteaux sur le dos, et je leur souris tristement.

— Vous partez aussi ?

Elle hoche la tête en souriant à sa fille.

— Oui. Le père de Smith est déjà parti, alors on va sûrement rentrer aussi. Charline tenait à te dire au revoir avant que son père ne l'attache dans son siège auto…

La petite me tend les bras et je l'attrape en souriant, me rappelant parfaitement de l'époque où Imane était aussi petite. Charline dépose un bisou sur ma joue, et après m'avoir tiré les cheveux une énième fois, je la rends à sa mère qui nous observe en souriant.

— Au revoir, Charline.

Elle me fait un signe de la main en souriant, et je les observe partir sans grande conviction tout en rejoignant la voiture pour m'installer à l'avant. Smith me rejoint ensuite en se faufilant derrière le volant, Nala à l'arrière, mais je n'y porte pas attention, mon regard est fixé sur la maison. La voiture démarre et j'observe la bâtisse disparaître dans le rétroviseur jusqu'à n'être plus qu'un souvenir…

— Beth ? Ça va ?

J'acquiesce pour le rassurer, mais je suis en pleine réflexion. Nos situations ne sont pas si différentes… Lui aussi a dû faire face à une situation familiale délicate… *Sauf que lui n'a tué personne.*

Mes remords ne me quitteront sûrement jamais, et j'ai l'impression que peu importe ce que je fais pour les oublier, ils reviennent au galop. Le seul moment où je n'y ai pas songé, c'est lors de nos étreintes, mon esprit à des kilomètres de tous ces problèmes. Malheureusement, je crains bien que notre retour à Édimbourg soit la fin de tout ceci… Et pourquoi m'en plaindre ? C'est ce que je voulais… *Non ?*

Chapitre 12

Je m'étire de tout mon long, le corps courbaturé, tandis que Smith se gare dans l'allée de la maison de ma grand-mère dans un silence lourd de sens. Je soupire avant d'ouvrir ma portière, mais Smith me retient en attrapant ma main, et je lui jette un regard interrogateur. *Faites qu'il me retienne.*

— Je peux te raccompagner ?

Je baisse les yeux, déçue d'avoir à refuser.

— Ma grand-mère ne sait pas pour notre contrat et comme c'était l'une des clauses… Elle me pense chez ma collègue Sacha. Alors si elle te voit…

— Tu n'as qu'à dire qu'un ami de cette Sacha t'a ramenée plus tôt.

Il me sourit avec assurance, et après une micro seconde d'hésitation, je hausse les épaules pour le laisser faire. Il n'attend pas que je sois sortie de la voiture pour quitter lui aussi l'habitacle, et il se charge de prendre mon sac de voyage et mes béquilles avant que je ne l'interpelle.

— Attends, je vais les prendre.

— Tu marches sans depuis hier, non ?

Je grimace, coupable.

— Oui, mais si ma grand-mère voit ça, je vais me faire engueuler. Alors on va faire comme si je ne les avais jamais quittées, dis-je en attrapant les béquilles.

Il se moque de moi sans même s'en cacher et avance jusqu'à la porte pour me l'ouvrir tandis que j'appuie sur la sonnette pour prévenir de notre présence.

— Mamita ! Je suis rentrée plus tôt ! crié-je dans la maison.

J'arrive en souriant au salon, mais je perds vite mon expression en découvrant le salon désert. Je passe par les toilettes du rez-de-chaussée et la cuisine : aucune trace d'elle nulle part. Mon cœur s'accélère dangereusement alors que je tourne en rond, et je finis par me précipiter hors de la maison pour prendre mon sac.

— Smith ! Il me faut mon portable ! l'interpellé-je avec empressement.

Il ne pose pas de question et sort mon cellulaire de mon sac pour me le tendre, le regard soucieux. Je n'ai pas regardé mon téléphone du voyage et j'ai un mauvais pressentiment que je dois à tout prix éliminer.

— Qu'est-ce que tu as ? s'inquiète-t-il.

— Ma grand-mère n'est pas là.

Je laisse Smith pénétrer dans la maison et j'en fais de même tout en cherchant le contact de son aide à domicile après avoir vu la notification d'un appel manqué. La tête me tourne et ma respiration se fait courte alors que je crains d'apprendre le pire, et les bip de la sonnerie me semblent interminables.

— Elle est peut-être sortie, tente Smith.

— Non. Elle ne sort jamais et elle reste toujours au rez-de-chaussée parce que sa mobilité est réduite.

Je tape nerveusement des doigts sur le mur derrière moi et je ferme les yeux pour retenir la panique qui manque de se répandre en moi au moment où il décroche.

— Mademoiselle Sanders ?

— Où est-elle ? demandé-je de but en blanc.

— À l'hôpital. Elle a fait une mauvaise chute. Nous avons essayé de vous contacter, sans succès. Je vous envoie les informations pour la rejoindre par message.

Sans plus attendre je raccroche, et plutôt que de m'effondrer face à la détresse, je prends sur moi et attrape mes clés de scooter. Il est garé dans la cour depuis que Smith l'a fait ramener. Je contourne celui-ci sans un mot pour faire au plus vite, mais celui-ci m'arrête d'un geste.

— Je peux savoir ce que tu fais ?

— Je dois aller la voir. Elle est à l'hôpital. On se voit plus tard par rapport au contrat ? soufflé-je en m'apprêtant à monter sur mon scooter.

Mais avant que je n'aie pu faire quoi que ce soit, Smith me bloque le passage, le regard noir. *Ce n'est pas le moment de me retarder, bon sang !*

— T'es complètement inconsciente de vouloir monter là-dessus !

— Faut que j'y aille au plus vite, Smith. Je n'ai pas le choix.

— Alors tu viens poser ce joli petit cul sexy dans ma voiture.

Je le toise, les bras croisés contre ma poitrine.

— Tu veux venir avec moi ? À l'hôpital ?

— Oui. Hors de question que je te laisse te mettre en danger. Maintenant arrête de traîner et monte dans cette voiture.

Je finis par soupirer de soulagement et je ne bronche pas en rejoignant son 4x4, résignée à y arriver plus vite en voiture. Smith nous conduit sans attendre à l'hôpital, et chaque kilomètre parcouru me semble durer une éternité… *Faites qu'elle aille bien.*

* * *

Arrivée à l'hôpital, je me rends directement au numéro de chambre que son auxiliaire de vie provisoire m'a donné. Smith me suit sans rien dire, mal à l'aise face à la situation, mais refusant de me laisser seule. Intérieurement, je lui en suis reconnaissante. Je suis à bout de nerfs et angoissée, et je me serais sûrement laissée aller à pleurer depuis longtemps si j'avais été seule. Une fois devant sa porte, je respire profondément et frappe. Sa voix à l'accent chantant me répond immédiatement, et mes épaules se détendent presque immédiatement.

J'entre dans la chambre en souriant et je me dirige droit sur elle pour la prendre dans mes bras. Son petit corps frêle contre moi, je lui murmure en espagnol à quel point elle m'a fait peur, les yeux brillants. Quand je la lâche enfin, son regard se pose sur Smith et j'y vois un éclair de malice – qui ne présage rien de bon – dans son regard.

— *Cariño* ? Tu ne me présentes pas ton ami ? Où as-tu déniché un si beau garçon ?

Je m'apprête à répondre, mais Smith me devance.

— Je savais bien que sa grand-mère avait du goût, plaisante-t-il. Je suis Smith, un ami de Sacha, fait-il en lui tendant une main, qu'elle serre en souriant.

Je lève les yeux au ciel, pas le moins du monde surprise par son aisance à mentir. Ma grand-mère semble déjà sous le charme, et alors que j'observe Smith, je cache ma main dans mon dos pour retirer la bague qui orne toujours mon annulaire. *Il ne manquerait plus que Mamita se fasse des idées… Ce n'est clairement pas le moment.*

— Et qu'est-ce que vous êtes pour ma petite fille ? l'interroge ma grand-mère.

— Selon elle, nous sommes amis, répond Smith en me jetant un regard appuyé.

— Alors si c'est selon elle, c'est évident que c'est faux… rétorque-t-elle.

— Ça va cinq minutes de parler de moi dans mon dos ? les interrompé-je.

— Mais on ne parle pas de toi dans ton dos, chaton, on est devant toi, me taquine Smith.

— Lui, je l'aime bien, rit ma grand-mère.

Je souris de bon cœur en la voyant si heureuse, touchée de voir ma grand-mère en forme. Elle semble rayonner, et c'est tout ce qui m'importe. J'ai eu peur de la perdre, et la voir rire est ce qu'il y a de plus rassurant.

— Pas que je ne vous apprécie pas, mais je voudrais parler à ma petite fille en privé, si vous voulez bien.

Smith acquiesce en souriant et nous laisse seule à seule. Je m'assieds près d'elle et je prends sa main dans la mienne, inquiète de son état.

— Je vais aller parler aux médecins.

— Pas besoin *niña*, le médecin a dit que ce n'était rien. J'ai quelques médicaments à prendre et ça ira. Ce n'est pas de ça dont je veux te parler.

Elle attrape son médaillon sur sa table de nuit, celui qu'elle ne quitte jamais et me le pose entre les mains. Je sais pertinemment ce qu'il contient et mon cœur se sert en y pensant. Elle le porte tous les jours depuis neuf ans… Et je n'ai jamais voulu en voir le contenu parce qu'il représentait ce que je fuis.

— Je veux que tu le gardes. Il te portera chance.

J'acquiesce doucement et je le glisse autour de mon cou en le serrant autour de mes doigts. *Il contient mon plus beau souvenir.*

— Tu sais, Beth, je ne suis pas éternelle, tu dois arrêter de ne t'occuper que de moi… Tu as une vie aussi.

— Mais tu es bel et bien là, alors pour l'instant, ce n'est que toi et moi.

Elle soupire d'agacement et lâche quelques jurons espagnols bien sentis avant d'ancrer son regard azur au mien. Je sais qu'elle ne comprend pas, mais elle est la seule famille qu'il me reste, la seule à tout savoir de moi et la seule que j'ai accepté d'aimer au quotidien sans avoir peur de lui faire du mal. Tant qu'elle sera là, ce ne sera que nous deux.

— Ce garçon, laisse-lui une chance. Je ne veux pas que tu restes seule, tu comprends ? Il semble tenir à toi, sinon il ne serait pas là. Si j'étais morte aujourd'hui, tu te serais retrouvée livrée à toi-même, et je ne veux pas penser à ça.

— Non, non. Lui et moi, c'est pas… tenté-je.

— *Cállate*. Ne me mens pas.

Je me mords la lèvre en souriant face à sa perspicacité. Elle a toujours su lire à travers les lignes.

— Je l'avoue, j'ai peut-être partagé quelque chose avec lui… Mais peu importe, tu passes avant tout le monde.

Elle secoue la tête fermement et prend le médaillon pour l'ouvrir. Je détourne les yeux, refusant de regarder l'intérieur. Je ne veux pas faire face à ce visage, parce que chaque fois que je le regarde, je me rappelle cette nuit qui a changé nos vies à jamais, et ma grand-mère sait pertinemment que je refuse de m'y confronter.

— Voilà ma fille. Ça, c'est le résultat de quelqu'un qui a tout donné pour les autres. Elle en est morte. Ne commets pas la même erreur que ta mère, parce que quand tu t'en rendras compte, ce sera trop tard.

Des larmes roulent sur mes joues en pensant à ma maman, à son regard vide, mort, à son corps inerte que j'avais sous les yeux, et à toute la souffrance qui a suivi. J'ai assisté à la pire des scènes, et mon instinct a régi les actes qui ont suivi. Jamais je ne me le pardonnerais, et je ne veux plus jamais souffrir d'une telle façon.

— Je sais que tu veux bien faire, Beth, mais ne t'oublie pas. Fais des choses pour toi. Amuse-toi avec ce garçon, retrouve ta sœur. Vis un peu.

— Je ne peux pas la retrouver. Et tu le sais. C'est mieux pour elle… reniflé-je.

— Combien de fois dois-je te le dire ? Tu n'es responsable de rien. Arrête de t'en vouloir et avance. Ne vis pas une vie de regrets.

Deux coups à la porte interrompent notre échange et je m'essuie les joues discrètement en observant une blouse blanche entrer dans la chambre. Je sais que ma grand-mère pense bien faire, mais je ne passerai jamais au-delà des choses qui m'ont marquée, je ne peux que vivre avec.

— Madame, vous allez pouvoir sortir. Du personnel médical viendra chez vous prendre vos constantes régulièrement, comme convenu un peu plus tôt.

— Bien. Votre bouffe est dégueulasse, il était temps.

Elle me pousse et se lève comme le ferait une femme en pleine forme, visiblement pressée de partir. Je remplis quelques papiers et je l'aide à s'habiller avant de rejoindre Smith qui nous attend dans la salle d'attente. Il prend le bras de ma grand-mère et il l'aide à avancer pendant qu'elle le complimente sur ses muscles, l'air malicieux. *Elle ne changera jamais*. Je prends son sac et je m'apprête à suivre ma grand-mère et Smith. Je relève la tête vers Smith qui me sourit, goguenard.

— C'est bien que t'aies eu la brillante idée de prendre ma voiture pour ramener ta grand-mère.

Je lui tire la langue, les yeux plissés, puis je lui passe devant en lui jetant un regard faussement mauvais et je les laisse marcher au ralenti, car ils sont plus lents que moi malgré ma cheville, jusqu'à la voiture. Je sors du bâtiment avant eux et je m'accoude à la carrosserie en attendant qu'ils arrivent, profitant simplement de l'air frais qui emplit mes poumons.

— Beth ?

Je sursaute et me retrouve face à Austin qui me sourit, un air surpris sur le visage. Je réponds à son sourire et je me lève pour m'approcher de lui, surprise de le voir si loin de Dundee.

— Hey ! Qu'est-ce que tu fais ici ?

Je ne m'encombre pas du vouvoiement cette fois-ci, après tout, il m'a déjà vue minable.

— Je rends visite à mon petit frère. Il est hospitalisé ici depuis deux ans. Et toi ?

— Ma grand-mère. On va la ramener chez moi.

— On ?

Je jette un coup d'œil en arrière vers Smith et Mamita et Austin suit mon regard avant de soupirer.

— Ton copain, c'est vrai... Ton problème de fiançailles est réglé ?

Je fronce les sourcils face à sa réaction lorsqu'il aperçoit Smith, mais je ne relève pas.

— C'est compliqué, avoué-je.

— Eh bien, quand ça ne le sera plus, si jamais tu n'es plus avec lui, je serais ravi de t'emmener dîner quelque part.

— Est-ce que tu me proposes un rencard alors que j'ai quelqu'un ?

Enfin... copain pour de faux. Même s'il n'en sait rien.

Il me sourit de ses dents blanches comme si son comportement avait quelque chose de normal, et même si je lui souris aussi, je ne suis pas sûre d'apprécier de me faire draguer alors qu'il me pense en couple. Il ne ressemble en rien à Smith avec ses cheveux blonds et son allure plus fine, mais il est tout autant craquant. Malheureusement la morale l'emporte sur le physique.

— Oui, c'est exactement ça. Alors appelle-moi quand tu voudras.

Il m'embrasse sur la joue et part au moment où Smith arrive. Ce dernier ne le regarde même pas et aide ma grand-mère à s'installer dans sa voiture, mais je vois bien que son visage est fermé, exactement comme la première fois qu'il a croisé Austin. Une fois fait, il claque violemment la portière et se retourne enfin vers moi, le regard noir.

— C'était quoi ça ? Qu'est-ce qu'il fout là ?

— Il vient voir quelqu'un. Il m'a juste invitée à dîner, soupiré-je.

— Et t'as dit oui ?

Je ne réponds pas et je m'apprête à ouvrir la portière quand il m'en empêche en appuyant fermement dessus. Je déteste cette pseudo jalousie.

— Réponds-moi, insiste Smith.

— Je ne vois pas ce qui m'en empêche. On a plus besoin de mentir et de prolonger cette comédie, tu vas retourner à tes habitudes avec je ne sais quelles filles, et moi je vais continuer ma vie, dis-je sans en penser un mot.

Je baisse la tête en disant ça, le cœur serré à l'idée de voir les choses se finir. J'ai beau le nier, je l'ai dans la peau… La première nuit que nous avons passée ensemble a été facile à oublier, parce qu'au réveil tout était fini. Mais ces derniers jours ont été intenses, et ils m'ont permis de découvrir Smith sous un nouveau jour… Alors si les choses doivent se finir et qu'Austin me permet de tourner la page, je compte bien foncer. Smith retire sa main de la porte et la glisse sous mon menton pour me faire relever la tête vers lui, le regard sérieux.

— Tu n'as vraiment rien compris.

Sur ces mots, il écrase ses lèvres sur les miennes et sa langue se faufile entre pour atteindre la mienne et commence un ballet endiablé. Je me laisse faire, encadrant sa nuque de mes bras et lui donnant libre accès à ma bouche. Ses mains pétrissent mes hanches comme si nous étions seuls au monde, que personne n'attendait dans la voiture, et à bout de souffle, il recule en restant tout près de mon visage.

— Ça, je l'ai fait parce que j'en avais envie. Alors non, je n'ai pas envie de retourner à mes habitudes.

Sur ces mots il se recule et m'ouvre la portière pour me laisser m'installer. Je grimpe sur mon siège, oubliant presque la présence de ma grand-mère à l'arrière.

— Ça, c'était un sacré roulage de pelle. J'ai connu un homme qui…

— Je t'interdis de continuer cette phrase, Mamita.

Elle éclate de rire au moment où Smith nous rejoint dans la voiture, pour nous reconduire chez nous dans un silence qui en dit long. Si je vivais seule, je lui aurais sûrement demandé de rentrer, mais c'est une mauvaise idée. Je crois que j'ai besoin de passer une nuit sans lui pour mettre mes idées au clair… Alors à la place je vais m'occuper de ma grand-mère et je vais contacter l'infirmier qui va devoir passer prendre ses constantes. Un programme bien plus ennuyeux, mais sûrement préférable pour moi. Ma grand-mère descend sans attendre d'aide et se plante devant moi, les bras croisés.

— Je rentre. Toi tu vas discuter avec ton beau brun, ordonne-t-elle.

— Pardon ? Et depuis quand tu t'occupes de cet aspect de ma vie ? m'indigné-je.

— Depuis que ma *niña* est devenue aveugle. Maintenant, lâche-moi la grappe et va embêter quelqu'un d'autre pour une fois.

Je l'observe partir, bouche bée. Mon caractère de merde est héréditaire et je peux facilement dire qu'elle sait être pire que moi. Je me retourne en soupirant vers Smith qui me mate sans s'en cacher et je croise les bras devant ma poitrine pour tenter de mettre une certaine distance entre nous.

— Tu vas accepter ? demande-t-il.

— De quoi ?

— Ton rencard.

Bordel. Voilà l'effet qu'il a sur moi. J'oublie tout le reste en sa présence et je pense à tout sauf à Austin lorsque Smith est face à moi… Je songe à un rencard avec quelqu'un à qui je plais pour oublier celui qui m'attire vraiment. Alors est-ce que je pense sincèrement à l'accepter ? Non. Ce ne serait juste pour personne.

— Je ne pense pas, avoué-je sincèrement.

Je le vois soupirer de soulagement et il se détache de sa voiture pour s'approcher de moi sans pour autant me toucher, alors que j'en rêve. *Foutue attraction.*

— Alors pour ne pas casser tes plans, je peux t'emmener manger un bout ce soir ?

— C'est un rencard ?

Il paraît soudain mal à l'aise et il détourne les yeux vers la maison pour éviter de me regarder. Je décide d'oublier ma question et je reprends d'une voix peu assurée.

— Avant de te dire oui, je vais appeler la personne qui doit passer pour ma grand-mère et je voudrais qu'on parle du contrat, proposé-je.

— Ouais le contrat… grommelle-t-il.

Il paraît agacé par ce changement de sujet, mais je l'ignore. Je veux mettre les choses au point avant de faire quoi que ce soit car c'est nécessaire pour moi. J'appelle rapidement le numéro fourni par l'hôpital, et après m'être assurée que ma grand-mère est correctement installée et que l'infirmier passera ce soir, je laisse

Smith entrer dans la cuisine pour que nous soyons au calme pour échanger.

— Qu'est-ce que tu veux clarifier ? me questionne Smith.

Je soupire et je croise mes mains devant moi.

— On est rentrés plus tôt pour commencer. Est-ce que je dois te dédommager ou je ne sais quoi ?

— Non. Tu as rempli tes engagements.

Je suis soulagée de savoir que je n'ai en rien rompu ce contrat à cause de notre retour précipité, même si ce n'est pas ce qui me tracasse le plus.

— Maintenant que tu t'es disputé avec ton père… notre arrangement est terminé ?

— En effet.

Je hoche doucement la tête et sors la bague de mon jean pour la lui tendre. Je n'ai plus de raison de la porter. Mais Smith secoue la tête et repousse ma main vers moi.

— Garde-la. Ça te fera un souvenir.

— Je… Non. C'est trop.

Je dépose la bague sur la table et je la fais glisser vers lui, mais il ne la reprend pas pour autant. Je ne veux pas garder ce bijou, parce qu'il représente bien trop.

— Revends-la, garde-la, fais ce que tu veux. Elle est à toi, insiste Smith.

Je secoue la tête, refusant la simple idée de la vendre. Je ne veux pas la garder simplement parce que c'est un cadeau trop conséquent. Mais je ne dis rien, je sais que la bataille est perdue d'avance.

— Donc… on n'a plus de raisons de se voir, maintenant, enchaîné-je.

Je fuis son regard, je ne veux pas lui montrer à quel point cette fin de fausse relation m'affecte alors que ça n'a pas duré bien longtemps.

— T'as envie qu'on arrête de se voir ?

Sa question me prend au dépourvu et je me lève tout en glissant à nouveau le bijou à mon doigt, ignorant sa question. Je ne voulais pas la garder à la base. Mais je préfère la porter que de la vendre.

Je ne sais pas quoi dire, je suis tiraillée. J'en ai envie tout en sachant que je ne le devrais pas. Alors qui suis-je censée écouter ? Ma raison, ou ce que me dit mon corps, et pourquoi pas mon cœur ? Smith se place derrière moi, une main de chaque côté de ma taille, son souffle dans ma nuque.

— Pourquoi tu refuses de me laisser une chance ?

— Pourquoi tu en veux une ?

Son rire rauque résonne tout près de mon oreille et j'en frissonne.

— Parce que t'es un super plan au lit. Et même si tu es très têtue, je t'apprécie. Je ne dis pas que je tomberai amoureux de toi, mais je t'aime bien. Alors pourquoi pas ? Arrête de repousser les gens et profite juste…

— Dit celui qui repousse tout le monde depuis plus de cinq ans.

— Justement. Moi, je me bouge. Alors fais pareil.

Je me retourne sans retirer ses mains et je me retrouve tout contre son corps à sentir son souffle sur mes lèvres.

— Je sais que t'en as envie, murmure-t-il.

— Et qu'est-ce qui te fait dire ça ? C'est pas parce que tu mouilles ma culotte que j'ai envie de plus.

— Tu avoues au moins que je t'attire. On progresse, chaton.

— Arrête de m'appeler comme ça.

Il rit et tire sur une de mes mèches pendant que je grommelle. Tout devient trop personnel entre nous, et si lui semble le prendre avec légèreté, je suis bien plus du genre à réfléchir à tout.

— Alors, tu sors avec moi ce soir ?

— Pour aller où ?

— Tu verras. C'est un oui ?

Je réfléchis quelques secondes, incertaine. J'ai envie de passer du temps avec lui, mais j'ai peur de finir blessée, et pire encore, de le blesser. Ma mère n'a pas eu de chance en amour, et je ne veux pas reproduire ses erreurs ni avoir à défendre une fois de plus ceux que j'aime. Mais Mamita a raison, je dois commencer à vivre pour moi, et ça commence en acceptant cette proposition.

Chapitre 13

Je me retrouve à essayer une dizaine de tenues différentes sous les conseils de ma grand-mère. *Conseils qui ne m'aident pas beaucoup*. Pas assez décolleté, trop long… Je ne sais pas comment m'habiller pour sortir. Smith est rentré chez lui avec sa chienne, et il est censé revenir me chercher d'ici une petite dizaine de minutes. C'est sûrement le premier vrai rencard que j'accepte depuis une éternité, et je ne sais plus comment faire…

J'enfile une robe fluide et je me retourne vers ma grand-mère qui me détaille de la tête aux pieds, l'œil critique. C'est la dernière chose qu'il me restait à essayer… La couleur rose pâle fait ressortir mes cheveux foncés, et surtout, je me sens à l'aise dedans.

— Joli. Même si ton attelle fait tache… Où sont tes béquilles ?

Je rougis, coupable.

— J'ai arrêté de les prendre. Ma cheville va mieux.

— Ce n'est pas parce que tu n'as plus mal que tu es guérie, me sermonne ma grand-mère.

— Inutile de me faire la morale, je ne les prendrai pas pour ce soir.

Mamita lève les yeux au ciel et je lui tourne le dos pour ignorer ses remontrances. J'attrape un élastique et j'attache ma masse de cheveux bouclés en une queue de cheval simple avant de me poser devant ma coiffeuse pour mettre un peu de mascara alors que le regard de ma grand-mère se pose sur mon bras. *Et merde.*

— Est-ce que ce sont des traces de doigts ? s'inquiète-t-elle.

— Hum… Oui. Mais ne t'inquiète pas, c'est rien de grave, tenté-je.

— Si ce garçon était violent, tu me le dirais, n'est-ce pas ?

Je me retourne vers elle et je sais que nous pensons toutes les deux à maman. Elle ne sait que trop bien que ce genre de violence ne sera jamais tolérée de ma part, parce que c'est en les laissant se produire que les choses se finissent mal. Mais s'il y a bien une chose dont je suis certaine, c'est que jamais Smith ne fera une chose pareille. Il n'est pas ce genre d'homme, même si son père l'est.

— Smith ne me fera jamais de mal. Je te le promets.

Elle me fixe de ses yeux perçants, cherchant à savoir si je mens, puis elle se lève et sort de ma chambre au moment où quelqu'un sonne à la porte. Je la laisse y aller et j'en profite pour glisser mon portefeuille dans mon sac à main avec mon portable et rejoins l'entrée en inspirant profondément. *Je fais le bon choix. Mamita a raison, je dois lui laisser une chance.*

Smith m'attend dans l'entrée, un sourire taquin aux lèvres et les bras croisés contre son torse. Je lève les yeux au ciel face à son assurance, et je me tourne vers ma grand-mère qui observe Smith avec attention, cherchant sûrement à déterminer si elle peut lui faire confiance. Je lui tends le papier que je lui ai préparé, attirant enfin son attention.

— Numéro d'urgence. L'infirmier passe dans trente minutes et il reviendra avant que tu ailles te coucher. Au moindre problème, tu m'appelles ou tu dis à l'infirmier de m'appeler. D'accord ?

Elle prend le papier et le fourre dans sa poche avant de me prendre dans ses bras.

— Je t'aime, ma petite fille. Ne l'oublie pas. Et surtout fais attention à toi.

— Moi aussi je t'aime, Mamita. Repose-toi bien.

Je l'embrasse sur le front et je suis Smith jusqu'à sa voiture.

— Pourquoi ta grand-mère me complimentait tout à l'heure alors qu'elle me transperce du regard à présent ? me questionne-t-il.

— Elle a vu ça…

Je lui montre les marques à peine visibles sur mon bras, et Smith les frôle du bout des doigts, le visage tendu.

— Je suis désolé.

— Arrête de t'excuser, tu n'es pas responsable des conneries des autres. On y va ?

Il m'ouvre la portière et fait un signe de main à ma grand-mère avant de monter côté volant. Il démarre ensuite et prend la route alors que je tente de déterminer la direction.

— Tu m'emmènes où ?

— Chez moi.

— Évidemment. C'est plus simple, si tu veux finir la soirée au lit.

Je lève les yeux au ciel, un air amusé sur le visage alors qu'en réalité, j'espérais aussi cette issue à la soirée. Je lui jette un coup d'œil et je découvre qu'il sourit en me jetant des petits coups d'œil insistants. Il finit par poser sa main sur ma cuisse et il la remonte peu à peu jusqu'à passer sous ma robe alors qu'un frisson me parcourt.

— Si tu veux que cette soirée reste purement amicale, tu n'as qu'à retirer ma main.

J'observe la main en question remonter sous ma robe et se rapprocher de plus en plus de mon sexe qui n'attend déjà que ça. *Je suis complètement accro, et je le sais.* Quand ses doigts frôlent le tissu de mon sous-vêtement, je ne peux pas retenir un soupir de satisfaction alors que mes yeux se ferment. *Je déraille complètement.*

— T'es au courant qu'en me laissant faire, tu me donnes envie de te mettre dans mon lit ce soir ?

— Peut-être bien… soupiré-je.

Smith retire sa main pour la reposer sur le volant, et je l'observe, frustrée par ce bref contact. Il se gare devant la maison, et je sors sans attendre pour retrouver l'air frais et respirer pleinement. J'avance jusqu'à sa porte pour mettre de la distance entre nous, mais Smith me rattrape en quelque pas pour se placer entre son entrée et moi.

— Attends, je dois d'abord te prévenir. Nala est sur les nerfs avec le voyage, elle ne s'est pas assez dépensée, elle risque de te sauter dessus… Et elle commence à avoir de la force. Donc fais attention avec ta cheville.

Je hausse les sourcils, indifférente. Je connais ce genre de chien, et je ne suis pas en sucre. Je contourne Smith pour entrer chez lui, et sans surprise, Nala se précipite sur moi. Je m'accroupis au sol pour la gratouiller en souriant, elle et sa petite bouille adorable pleine de bave.

— Un jour, j'aurai un chien aussi, avoué-je.

— Pourquoi ne pas en avoir un maintenant ?

Je soupire avant de me relever, et Nala fonce sur son maître alors que je l'observe.

— Pour l'argent. Je n'ai pas les moyens d'en entretenir un, alors je préfère attendre pour lui donner les meilleures conditions de vie possible.

Smith envoie sa chienne au panier puis me fait signe de le suivre en souriant.

— C'est compréhensible. Fais comme chez toi. Je vais juste finir de préparer le repas.

— Tu sais cuisiner ? m'étonné-je.

— Évidemment. C'est même une des choses que je préfère faire.

À chaque fois que l'on discute, j'ai l'impression d'en découvrir un peu plus sur lui et ça me fait peur presque autant que ça m'attire.

— Je peux t'aider ? proposé-je.

— Si tu veux. Tu peux retirer la peau des champignons.

Une fois dans la cuisine, j'attrape le couteau qu'il me tend et je prends le sac de champignons avant de commencer de retirer la peau en même temps que Smith découpe la viande. Il me jette quelques regards curieux alors que j'avise tous les ingrédients à présent sortis sur le plan de travail.

— Poulet à la crème ?

— Dans le mille. Tu aimes ça ?

— Énormément. Ma mère avait l'habitude de m'en faire.

Je me mords la lèvre devant mon aveu qui va sûrement attiser sa curiosité. C'est sorti tout seul, je me sens de plus en plus à l'aise avec lui, au point d'avouer ce genre de petits détails dont je ne parle que peu habituellement. Smith m'observe avec compassion, comprenant sûrement que c'est un sujet sensible vu ma réaction la dernière fois qu'on a abordé le sujet.

— Elle est décédée, n'est-ce pas ? me demande Smith.

Je hoche la tête, la gorge nouée. Je pense que si elle avait perdu la vie d'une maladie ou d'un accident, mon deuil serait fait, aujourd'hui. Mais l'avoir vu mourir, tout en étant impuissante, est ce qui rend impossible le fait d'avancer réellement…

— Ta mère te manque parfois ? poursuit-il.

Je regarde dans le vide, réfléchissant à sa question. La réponse est évidente, mais c'est toujours dur à avouer.

— Oui. Beaucoup. Et toi ? Ta mère te manque ?

Il me sourit sincèrement et fait glisser les bouts de poulet dans la poêle avant de me fixer.

— Énormément. C'est elle qui m'a appris à cuisiner. C'était quelqu'un de simple et très drôle, même si elle avait la langue bien pendue. Tu l'aurais sûrement appréciée, elle aimait embêter son monde.

Je ne peux m'empêcher de lâcher un rire à cette confession. Je comprends mieux d'où Smith tient son caractère, il doit ressembler davantage à sa mère qu'à son père. Je finis d'éplucher les champignons et je lui tends le tout, en le laissant les faire revenir dans la poêle, tout en continuant de l'observer, le menton posé sur ma paume.

— Je suis sincèrement désolé que notre arrangement ait tourné de cette façon, et que mon père se soit comporté ainsi.

Smith relève la tête pour me regarder, et je lui souris pour le rassurer.

— J'ai vécu pire, je m'en remettrai, le rassuré-je.

— Tu ne veux toujours pas me parler de ton passé ?

Je soupire tout en fermant les yeux, cherchant à remettre de l'ordre dans mes idées. C'est la première fois en dix longues années que j'en ai presque envie… Mais pas maintenant. Je ne gâcherai pas cette soirée, je veux juste profiter de cette illusion encore un peu.

— Si je te disais que j'en avais envie, tu attendrais la fin de la soirée pour m'écouter ?

Il ouvre la bouche, il ne s'attendait visiblement pas à ce que je dise oui. Mais ma grand-mère a raison, je ne dois pas reproduire les erreurs de ma mère en gardant tout pour moi et en pensant aux autres avant de penser à moi. Il est nécessaire que je sois honnête avec lui.

— Euh… ouais, bien sûr. Enfin, c'est comme tu veux.

— Merci.

Je lui souris timidement et je fais le tour pour me placer à côté de lui près du feu. Cette vulnérabilité ne me ressemble sans doute pas à ses yeux, mais c'est pourtant ce qui se cache derrière mon sale caractère. Et que je ne laisse jamais les gens apercevoir.

— Tu es différent de celui que je pensais connaître.

— En quoi ? s'étonne Smith.

Je me hisse sur le plan de travail tout en le fixant, cherchant mes mots.

— Tu sembles plus sincère, alors qu'habituellement tu es du genre à repousser les autres ou à te cacher derrière des airs bizarres, un peu comme moi.

Smith détourne les yeux, les épaules tendues, et je balance mes jambes dans le vide en attendant de le voir réagir.

— C'est vrai, oui. Après m'être fait larguer par Noémie, ça a été compliqué. J'étais un gamin. C'était la première fille dont je suis tombé amoureux, ma première dans tous les sens du terme, après ça je n'avais plus confiance en rien. Mais je… je me suis voilé la face pendant longtemps.

Smith place le couvercle sur sa poêle, puis il s'approche de moi et je le laisse faire sans dire un mot. Ses mains se posent de chaque côté de mes hanches sur le plan de travail, et ma respiration s'accélère alors que son regard se pose sur mes lèvres. *Ne pense pas à ça, Beth !*

— Je pensais avoir été amoureux d'elle jusqu'à son décès. Je l'ai vraiment aimée jusqu'à la fin. Mais quand j'y pense, je crois que j'étais attaché à la Noémie du début plutôt qu'à celle de la fin. Elle avait beaucoup changé et je ne la reconnaissais plus. J'ai déprimé pendant longtemps à cause de ça, mais depuis janvier j'ai décidé de tourner la page. Je suis triste, parce que j'ai peur de ne jamais connaître ce que certains ont la chance de connaître.

Son aveu est touchant, mais la seule chose que je retiens, c'est qu'il n'a pas été tout à fait honnête avec moi. Il croit bien plus en l'amour que moi, et je me rends peu à peu compte que lui et moi n'étions pas réellement sur la même longueur d'onde…

— Tu m'as bien dit que tu ne voulais personne, pourtant. C'était un mensonge ?

— Honnêtement ?

— Oui.

Il souffle et son visage s'approche du mien jusqu'à frôler mes lèvres. Nos yeux se cherchent comme aimantés, et je ne rêve que d'une chose : l'embrasser. Mais Smith n'en fait rien.

— Ouais, je t'ai menti. Je maintiens que je ne suis pas sûr de savoir aimer, mais une relation amoureuse ne me dérangerait pas. J'avais vraiment besoin de quelqu'un pour m'accompagner, mais j'avais surtout envie que ce soit toi. Ça fait quelque temps que j'hésite à t'inviter pour faire quelque chose et ça a été l'occasion de me rapprocher de toi.

J'ouvre la bouche, mais rien ne sort. Je ne sais pas quoi dire et je suis perdue face à son aveu. Je m'attendais à ce qu'il me dise que quelque chose de sérieux ne le dérangerait pas, mais pas à ce qu'il avoue que je lui plais depuis un moment. J'étais même persuadée qu'il ne pouvait pas m'encadrer. Et voilà que j'ai, une fois de plus, été aveugle face à ce qui m'entoure. Sans cet accord, je ne l'aurais jamais considéré comme plus, et d'un côté je ne regrette pas d'avoir signé ce papier.

— Tu veux bien dire quelque chose ? lâche nerveusement Smith.

Plutôt que de répondre, je dépose mes lèvres sur les siennes avec délicatesse et je l'embrasse avec toute l'envie du monde. Parfois, des gestes valent bien plus que des mots, et je préfère de loin m'exprimer de cette façon. Lorsque je recule, Smith passe un bras autour de ma taille et me maintient contre lui, le regard éclatant de désir.

— Moi qui m'attendais à me prendre un râteau… souffle-t-il.

— Ne te méprends pas. J'aurais préféré savoir ça dès le début, mais… je ne peux pas nier que ces derniers jours ensemble m'ont fait t'apprécier un peu plus et je ne serais pas contre tenter quelque chose avec toi.

— Sérieusement ?

— Oui. Mais seulement si tu veux toujours de moi après ce que j'ai à te dire.

Il m'embrasse à son tour de façon bien moins innocente et je laisse ses mains se balader sur mon corps en gémissant lorsqu'il remonte ma robe. Il pétrit mes hanches et sa bouche dérive vers mon cou pour y laisser une traînée de baisers, me tirant un soupir d'aise.

— On a dit qu'on devait d'abord manger et parler… lâché-je, la tête en arrière.

— Tu pourrais ne pas être raisonnable l'espace d'une heure ? râle Smith en s'écartant.

Je souris largement, satisfaite de sa frustration. *Ça ne rendra notre fin de soirée que meilleure…*

— Bon, si tu veux parler, parlons. Tu vas accepter l'invitation du barman ?

Il m'embrassait il y a quelques secondes, et voilà qu'il me reparle d'un autre homme ? Sérieusement ?

— Et toi, tu comptes continuer à coucher avec tout ce qui bouge ? dis-je en répondant à sa question par une autre question.

Je ne lui reproche rien, je sais comment il vit, et je ne lui demanderais certainement pas de changer ça pour moi… Mais ça pourrait bien définir la suite pour lui et moi. Si je lui laisse une chance, je n'ai pas envie de me prendre la tête à me demander avec qui il passe la nuit. Alors j'ai besoin de savoir ce genre de choses, mais Smith semble outré par ma question.

— C'est une vraie question ? Tu n'es quand même pas en train de proposer qu'on soit libre ?

J'écarquille les yeux, choquée par cette idée.

— Non !

— Bien. Parce que soyons clairs, si tu me laisses une chance, que tu partages mon lit, alors c'est juste toi et moi. Point.

Il semble sérieux, le regard vissé au mien, et je hoche la tête après avoir inspiré profondément. Je ne sais pas où nous allons, mais nous y allons, et je crois que ça me plait.

— Tant qu'on est en train de parler, tu ne veux pas me dire ce qui est arrivé dans ton passé ? Peu importe ce que c'est, ça ne changera pas notre soirée.

Je me fige alors que Smith sert nos assiettes, me jetant quelques regards peu discrets, et je le fixe sans rien dire. Cet aveu, c'est un peu comme un pansement. Je dois le retirer d'un coup, pour atténuer la douleur. Alors je ne réfléchis plus, je décide de retirer le sparadrap d'un geste sec. Peu importe que ce soit maintenant ou dans une heure, je dois le faire pour pouvoir avancer. Car les secrets ne font que nous enfermer dans une triste solitude, nous empêchant de prendre la direction désirée…

— J'ai tué un homme.

Chapitre 14

Smith arrête son geste et recule, comme frappé par mes mots. Des larmes commencent à couler sur mes joues sans que je ne puisse les retenir. Ce ne sont pas des larmes de chagrin, non, ce sont des larmes de détresse parce que je partage mon plus gros secret, celui qui me bouffe de l'intérieur depuis huit longues années. Je suis rongée par des remords qui m'empêchent de vivre. Je cherche le regard de Smith, m'attendant à y trouver du dégoût, mais je n'y lis que de l'incompréhension. *Au moins, il ne me déteste pas encore…*

— Quoi… ?

Il me fixe d'une façon étrange, comme s'il me croyait incapable de tuer un homme, et pourtant c'est bien ce que j'ai fait, sans même réfléchir. J'ai ôté la vie à un être humain parce que je n'ai vu aucune autre solution.

Ne supportant plus son regard, je détourne les yeux et je commence à organiser mes couverts sur la table pour m'occuper les mains, continuant de sentir le poids de son observation.

— Un tueur ne regretterait pas son geste… Toi t'as l'air bouffée par la culpabilité. Alors explique-moi ce qui s'est passé, murmure-t-il.

Mes lèvres tremblent, et je me retourne vers lui, les yeux brillants. Accident ou non, je suis responsable de ce qui est arrivé, et depuis, j'ai une peur bleue de faire du mal aux gens… Les tenir éloignés est la meilleure façon de les protéger. Pourtant, je suis en train de laisser Smith s'approcher et je ne sais plus si c'est réellement la bonne décision. Je respire profondément, prête à lui confier une partie de mon passé qui est restée enfouie pendant longtemps.

— J'avais quinze ans. Ma petite sœur en avait trois.

Je me laisse tomber sur l'une des chaises de bar, le regard fixé sur Smith. Il semble concentré sur mes mots, et à mesure que je cherche la meilleure façon d'expliquer les choses, chaque détail de la soirée semble défiler dans mon esprit, comme un cauchemar qui défile en boucle.

— Je devais garder Imane, nos parents étaient sortis et c'est moi qui étais à la maison. Quand ils sont rentrés, j'étais dans le sellier et ils ne m'ont pas vue. Imane dormait, j'étais seule. Mon père criait sur ma mère, et il a levé la main sur elle à plusieurs reprises. Je ne savais pas où me mettre, je regardais cette scène comme spectatrice alors que si j'avais agi, les choses auraient peut-être été différentes. Mon père n'était pas violent physiquement d'habitude, il l'était psychologiquement, mais ce soir-là les choses ont dérapé entre eux et j'ai eu trop peur pour réagir.

Mes sanglots s'intensifient et ma gorge se serre au souvenir de cette nuit qui m'a marquée à vie. J'aurais pu réagir, j'aurais dû sortir de ma cachette et les interrompre, et ainsi, peut-être que ma vie serait à l'opposé de celle qu'elle est aujourd'hui. Je me suis déjà imaginé tous les scénarios possibles ces dernières années, et aucun ne se finissait comme dans la réalité.

— Il a fini par attraper le tisonnier de la cheminée, et il l'a frappée avec en pleine tête. Elle est tombée au sol, encore consciente, et ses yeux ont croisé les miens. Elle avait peur, si tu savais comme elle était effrayée, dis-je en plaçant une main devant ma bouche à ce souvenir.

Je tente de calmer mes sanglots, sans succès. Je revois les derniers instants de vie de ma mère, je revois la vie la quitter peu à peu pendant que je suis cachée et que je l'observe mourir. J'ai vu sa vie s'éteindre dans son regard jusqu'à ce qu'elle ne soit plus qu'une coquille vide, et ce regard m'a hantée toute ma vie. Chaque fois que je vois une photo d'elle, je revois son ultime regard.

— Elle est morte sous mes yeux et je n'ai rien fait, dis-je en essuyant mes larmes. Mon père ne m'a pas vue, je ne faisais aucun bruit tant j'avais peur. Il s'est écroulé au sol et il s'est mis à pleurer en répétant qu'il était désolé.

Je revois chaque détail de cette scène, jusqu'à ses mains ensanglantées à force de caresser le crâne plein de sang de ma mère. Il pleurait, comme s'il se sentait coupable. Puis son visage s'est fermé, et j'ai su que ce n'était que le début. *Le début de mes tourments.*

— Et il s'est relevé, l'air fou. Il a pris le tisonnier avec lui et il est monté à l'étage où dormait Imane. Je n'ai pas réfléchi, je suis passé par la cuisine et j'ai attrapé le plus gros couteau qu'on avait avant de le suivre.

Je commence à avoir du mal à respirer et je fixe le mur derrière Smith pour tenter de reprendre le contrôle de ma crise de panique. J'ai agi sous le coup de l'adrénaline, avec la seule idée de sauver ma petite sœur, de ne pas la voir me quitter comme ma mère. Et si je ne regrette pas de l'avoir sauvée, je regrette la façon dont j'ai dû le faire.

— Il était devant son lit. Le tisonnier brandi, il s'apprêtait sûrement à la tuer, et ça aurait été mon tour ensuite. Quand j'ai vu son bras commencer à descendre, je l'ai poussé violemment, voulant juste l'éloigner d'Imane, mais le couteau s'est logé dans son dos et lui a perforé un poumon. Je ne sais pas ce qu'il s'est passé, comment les choses sont arrivées, mais il s'est écroulé et est mort avant que les secours n'arrivent. Le légiste a dit à ma grand-mère que poignarder quelqu'un n'était pas chose facile et que j'ai juste eu de la chance. Mais quelle chance ? Celle de tuer mon propre père ?

Je ris jaune, me souvenant de chaque mot prononcé par les autorités. Non, ce n'était pas une « chance ». J'aurais voulu sauver Imane sans avoir à le tuer, j'aurais voulu que tout soit différent. Ce soir-là, nous sommes toutes les deux devenues orphelines et les choses n'ont plus jamais été pareilles.

— Imane s'est réveillée en pleurant, poursuivis-je sans pouvoir regarder Smith. Je n'ai pas réfléchi, je l'ai emmenée dans ma chambre pour l'éloigner. Mon père agonisait sur le tapis et je ne voulais pas qu'elle le voie mourir comme j'ai vu notre mère mourir.

Je relève enfin la tête vers Smith, et je suis surprise de découvrir des larmes sur ses joues. Il s'approche d'un pas lent, comme s'il craignait de me faire peur, et il pose une main sur ma joue et essuie mes larmes alors que mes sanglots redoublent. *J'ai l'impression que dire les choses à voix haute rouvre une plaie mal cicatrisée.*

— Où est ta sœur ? demande Smith.

Loin.

— Je ne sais pas. Tout s'est passé très vite. Je suis passé devant un juge et j'ai été jugée non coupable, c'était de la légitime défense. Ma grand-mère a eu ma garde à ma demande, mais Imane était trop petite pour avoir le choix. Elle a été placée en famille d'accueil avant de pouvoir être adoptée, et j'ai fait le choix de me tenir loin d'elle.

Ma petite sœur. Mon bébé. Je n'oublie pas son visage, ses rires, je n'oublie rien d'elle et elle n'a jamais quitté mon cœur, mais elle sera bien mieux loin de moi. Smith me fixe avec compassion, l'air triste, mais sûrement pas autant que moi.

— Mais pourquoi ? s'étonne-t-il.

— Parce que j'ai tué quelqu'un pour la défendre. L'amour fait faire des choses stupides, et je ne voulais pas être un danger pour elle. Elle sera bien plus heureuse loin de moi, dans une vraie famille.

Je pense chacun de mes mots, aussi douloureux soient-ils. Si Imane doit être loin de moi pour être heureuse, alors je ferais tout pour me tenir à distance. Mais Smith, les sourcils froncés, ne semble pas de cet avis, alors qu'il continue de caresser ma joue.

— Est-ce que tu l'as cherchée ? Tu es sûre qu'elle a été adoptée ?

Je secoue vivement la tête.

— Non. Je veux la laisser vivre sa vie, loin de la personne qui a tué son père.

— Mais Beth ! Tu l'as défendue ! Tu n'as pas tué de sang-froid !

Je tente de dégager ses mains de mon visage, mais il ne le voit pas comme ça et continue d'encadrer mon visage avec force. Ses yeux sont durs et sa mâchoire est serrée. Je sais qu'il n'est pas d'accord, mais je ne changerai pas ma façon de penser sur ce sujet-là, pas après huit ans à avoir ruminé des idées noires.

— Arrête de dire ça. C'était de la légitime défense. Tu t'en veux aujourd'hui de l'avoir tué, mais dis-toi que tu t'en serais encore plus voulu si tu l'avais laissé tuer ta sœur en plus de ta mère.

Tuer ma sœur. Je ne peux même pas l'imaginer. Je ne regrette pas une seule seconde de l'avoir sauvée, mais comme d'habitude, comme à chaque fois que j'y pense, je ne peux pas m'empêcher de regretter d'avoir dû tuer mon père pour le faire. J'ai sa mort sur la conscience, j'ai pendant longtemps eu son visage dans mes rêves, et je n'arrive pas à oublier.

— Pourquoi tes parents se sont disputés ce soir-là ? demande Smith.

— Ma mère voulait le quitter, de ce que j'ai compris. Il devenait de plus en plus violent dans ses propos et elle voulait nous éloigner, mais elle n'en a pas eu la chance ni le temps.

Je me suis souvent imaginé ce qu'aurait été notre vie si elle l'avait fait, si on était parties avec elle. Peut-être qu'on vivrait toutes les trois heureuses aujourd'hui, dans une belle maison, avec de l'argent. Peut-être que je ne serais pas du tout dans cette fac, peut-être même que je serais réellement fiancée. Mais je ne le saurais jamais, parce que je n'ai pas été capable de la sauver…

— Hey… t'es partie loin, là.

Je cligne des yeux plusieurs fois jusqu'à ce que l'image de Smith soit bien nette. Mon regard est immédiatement attiré par le sien.

— Je peux comprendre que tu veuilles des choses réelles, Smith. Mais je ne comprends pas pourquoi tu m'as choisie. Je ne suis pas quelqu'un de bien.

Il lâche un rire sincère qui n'arrive pas à m'atteindre contrairement à d'habitude, j'ai l'impression d'être vidée de tout sentiment en exprimant à voix haute mes tourments.

— Je veux essayer parce que tu es chiante, têtue, sauvage… J'aime savoir que tu sais ouvrir cette jolie bouche pour me contredire. C'est rafraichissant, quelqu'un de *cash*. Et je t'apprécie tout court, même avec ce que tu viens de me dire. Ça ne change rien à qui tu es, Beth.

Je pousse un soupir tout en secouant la tête, ses mains encadrant toujours mon visage. Il a tort. Cet acte m'a changée à jamais, et encore aujourd'hui il influe sur chacune de mes décisions, comme un rappel du fait que je n'oublierai jamais. Je continue à voir chaque scène en boucle, comme si en parler venait de relancer la cassette de mes souvenirs, jusqu'à ce que Smith me tire de mes pensées en déposant sa bouche sur la mienne. Mes lèvres sont mouillées à cause des larmes, mais il n'a pas l'air d'y faire attention, car il encadre mon cou de ses mains pour prolonger notre baiser, tellement intensément qu'il me donne l'impression d'un souffle de vie. Quand il se recule, je pleure de plus belle, sans réellement en connaître la cause.

— Pourquoi tu ne fuis pas ? soufflé-je.

Il s'écarte de moi pour pouvoir aviser l'entièreté de mon visage, l'air simplement… *lui*. Il n'y a ni peur ni jugement dans son regard, et alors que je m'attends à tout moment à le voir me demander de sortir, il n'en fait rien.

— Parce que je n'en ai aucune envie. Maintenant, on va prendre nos assiettes et on va aller sur le canapé pour manger et se détendre. Tu vas retrouver ton sourire, chaton, et si ce n'est pas le cas, je connais un très bon moyen de te le redonner.

Sur ces mots, il me lâche et prend nos assiettes pendant que je déglutis péniblement, les yeux brillants de larmes de soulagement. Je n'en ai jamais parlé, mis à part à ma grand-mère, par peur du regard des autres. Je n'ai jamais osé imaginer pouvoir être acceptée telle que je suis. Je ne sais pas ce que j'ai fait pour mériter autant, ni pourquoi Smith est si différent avec moi de celui qu'il est avec les autres, mais je crois que je n'ai jamais été aussi reconnaissante envers le monde pour ce cadeau.

Chapitre 15

Les mains de Smith sont sur mon corps. Je le laisse caresser paresseusement mon dos tandis que je profite de son torse sur lequel je suis allongée. Je n'ai pas dormi à cause de mon bel apollon et même si la fatigue commence à se faire ressentir, je ne regrette pas le moins du monde cette nuit. Il a tenu parole, j'ai tout oublié durant ces quelques heures. Je me relève légèrement contre lui, me fichant de ma nudité, tout en confiance, même si ce moment entre nous va devoir être écourté.

— Je vais devoir rentrer.

— Déjà ?

Il parle, les yeux fermés. Il est tout aussi épuisé que moi et je peux le comprendre.

— Oui. J'ai des choses à faire.

— Tu veux pas rester au lit avec moi, plutôt ?

— C'est tentant, mais j'ai déjà trop paressé…

Il râle, mais se lève tout de même sous mon regard surpris. J'en profite pour le mater sans me cacher tandis qu'il sort des affaires de sa commode et qu'il s'habille rapidement.

— Qu'est-ce que tu fais ?

— Je me prépare pour te ramener.

Je suis touchée par son geste, mais je ne suis pas sûre que ce soit la meilleure solution dans notre état de fatigue respectif…

— Je peux prendre un taxi.

— Même pas en rêve, je conduis. Allez, lève-toi et habille-toi.

— Tu dis ça parce que tu veux me voir complètement à poil… plaisanté-je en m'étirant.

— Peut-être bien.

Il sourit et m'observe sortir des draps avec une envie non dissimulée pendant que j'enfile ma robe de la veille et que je laisse tomber ma culotte. Je préfère encore ne pas en porter que de remettre celle de la veille, mais Smith ne semble pas de cet avis lorsqu'il me tend l'un de ses boxers.

— Ce serait con que tu attrapes un rhume… se moque-t-il.

— Un rhume ? Entre les jambes ?

Je lève les yeux au ciel et j'enfile son boxer en me moquant avant de quitter sa chambre pour le suivre, attachant mes cheveux comme je le peux en l'absence de brosse.

— Tu veux déjeuner avant de partir ? me propose-t-il en remplissant la gamelle de Nala, cette dernière déjà devant.

— Ça ira pour moi. Mais vas-y, fais-toi plaisir.

Il finit par se relever, un sourire aux lèvres, et s'approche de moi après avoir ouvert en grand sa baie vitrée pour aérer.

— Merci de me ramener, dis-je en attrapant mon sac à main.

Il me fixe avec insistance en s'approchant de moi puis il me rapproche de lui, ses doigts frôlant la courbe de mon cou.

— Avec plaisir. Si jamais tu cherches une idée pour me remercier…

Je ris tout en le repoussant, bien plus sereine. Je sais parfaitement que Smith tente de me changer les idées avec toutes ses remarques, mais peu importe, car ça marche. Smith mange rapidement un bout avant de me reconduire chez ma grand-mère dans une ambiance bien plus détendue que celle de ma veille. Il arrive en un rien de temps chez moi et il vient m'ouvrir avant de me voler un baiser.

— Certaine de ne pas vouloir poursuivre la journée comme elle a commencé ?

Je secoue la tête, même si l'idée ne me déplait pas. Bien que l'hôpital certifie que ma grand-mère va bien, je veux passer du temps avec elle. Alors aussi tentante soit la proposition de Smith, je dois la décliner.

— Je peux entrer ? demande-t-il en me suivant jusqu'à la maison.

— Si tu veux.

Je déverrouille la porte et je trouve le salon plongé dans la pénombre, suivie de près par Smith. L'aide à domicile doit passer d'ici une petite heure, ma grand-mère doit encore être au lit.

— Elle doit dormir. Je vais aller la réveiller. Tu m'attends ici ?

— Sans problème.

Je monte à l'étage et je pousse doucement sa porte pour la trouver paisiblement endormie. Je souris et je vais ouvrir ses rideaux pour laisser entrer la lumière puis je me place à côté d'elle en souriant. Elle a toujours été une lève-tard.

— On se réveille, Mamita, j'ai plein de choses croustillantes à te raconter, dis-je pour attirer son attention.

Je fronce les sourcils devant son manque de réaction et je lui prends la main pour la réveiller. Mais quand ma peau rencontre la sienne, sa rigidité naissante me glace le sang. Mes yeux s'embuent en même temps que je commence à comprendre et je pose une main sur son visage qui restera éternellement endormi, cherchant désespérément à trouver un signe de vie…

— Non, non, non. Ne me fais pas ça. Pas maintenant.

Je grimpe un peu plus sur son lit et je tente de prendre son pouls, mais celui-ci reste tristement silencieux. *Non. Pas maintenant. Ça ne peut pas arriver.* Ma respiration s'accélère et je tente de prendre des goulées d'air comme si je ne savais plus respirer, le cœur battant à tout rompre et la tête en vrac. J'observe son visage détendu, comme si tout allait bien et qu'elle allait se réveiller, mais je sais que je ne croiserai plus jamais son regard. J'encadre son visage de mes mains, les lèvres tremblantes en sentant le peu de vie qui m'habite me quitter peu à peu… *La seule personne qu'il me restait m'a abandonnée.*

— Smith ! l'appelé-je sans pouvoir détourner les yeux de Mamita.

Il débarque en courant dans ma chambre et comprends vite les choses en apercevant le désespoir sur mon visage. Je serre ma grand-mère dans mes bras sans m'empêcher de pleurer, mais Smith me tire en arrière, et je me débats en refusant de la lâcher. *Je ne veux pas la lâcher, je ne veux pas l'abandonner, je ne veux pas être seule.*

— Arrête Beth ! Ça ne sert à rien !

Il me soulève fermement et m'éloigne du lit en me maintenant avec force dans ses bras pendant que mes sanglots redoublent.

— Je ne veux pas qu'elle parte, Smith… hoqueté-je.

— Je sais, Beth. Mais tu ne peux rien faire, tu dois la laisser partir…

Il me serre contre lui de toutes ses forces et je sens le désespoir m'envahir totalement jusqu'à m'engloutir. Je viens de perdre la personne la plus importante de ma vie, et personne ne pourra apaiser cette douleur.

Partie 2
Smith

« L'esprit oublie toutes les souffrances
quand le chagrin a des compagnons
et que l'amitié le console. »

— William Shakespeare

Chapitre 16

J'ai observé les secours emmener la grand-mère de Beth sans oser la lâcher, de peur de la voir s'écrouler. Je l'ai tenue éloignée de ce corps sans vie, ne voulant pas qu'elle garde en souvenir le visage sans vie de sa grand-mère, comme j'ai retenu celui de ma mère lorsqu'elle est décédée à l'hôpital. Elle m'a demandé à plusieurs reprises de la laisser seule, qu'elle avait besoin de calme, mais j'ai refusé. Je sais que si je franchis cette porte, elle se renfermera sur elle-même et elle ne fera que ruminer son chagrin. Elle pense qu'elle ne s'en remettra jamais, mais un jour elle comprendra que la vie ne s'arrête pas lorsqu'on perd un être aimé, parce qu'on continue à vivre *pour* cette personne.

Je l'ai emmenée à l'hôpital en même temps que les ambulances ont emmené sa grand-mère, et j'attends à ses côtés depuis une petite heure, sa tête nichée dans mon cou, même si elle ne semble pas vraiment consciente, comme dans une léthargie profonde.

Lorsqu'un homme arrive enfin, il présente ses condoléances à Beth, mais elle ne répond pas, le regard dans le vide.

— Je suis désolé, mademoiselle Sanders. Votre grand-mère savait qu'il ne lui restait que peu de temps, elle a été prévenue hier que son cœur ne tiendrait pas. Nous allons vous indiquer toutes les démarches à suivre suite à son décès…

Il aborde le sujet de l'enterrement, et Beth répond aux questions posées d'une voix monotone avant que je ne prenne les devants pour régler toute la paperasse. Beth reste près de moi, absente. Tout son monde vient de s'écrouler, et je suis déterminé à la retenir pour l'empêcher de sombrer.

***

J'avais l'intention de rester avec Beth le temps qu'il faudrait, mais dès que nous avons quitté l'hôpital, elle m'a repoussé et a pris le premier taxi venu. Je pensais qu'elle avait besoin d'être seule quelques heures, mais voilà deux jours que je n'ai plus de nouvelles, deux jours que je m'inquiète à m'en ronger les ongles, ne sachant pas où elle se trouve. J'ai confié ma chienne à un ami le temps de la retrouver, j'ai fait le tour des endroits les plus évidents : la fac, le bar où elle travaillait, et je me suis même rendu à ce café qu'elle aime fréquenter. Mais aucune trace d'elle.

Son scooter est resté garé devant la maison de sa grand-mère et elle ne semble pas être rentrée depuis le décès. Je ne sais plus où donner de la tête, et je roule bien plus vite que je ne le devrais sur cette petite route qui mène à Dundee, après avoir reçu un message d'elle sur mon portable m'indiquant une adresse, sans un mot de plus. C'est mon dernier espoir pour la trouver, et j'espère autant la trouver dans ce bar que de ne pas l'y voir, même avec ce type.

Peu importe ce que peut croire Beth, je tiens à elle plus qu'elle ne le pense et il est hors de question que je reste les bras ballants, à espérer la voir réapparaître en un morceau. Elle a beau penser que son secret me ferait fuir, ce n'est pas le cas, bien au contraire. Ça ne fait que me prouver une chose que je savais déjà : derrière ses airs inaccessibles, Beth a un cœur plus gros qu'elle ne le laisse paraître.

Je me gare de travers sur le parking désert de ce bar ou je l'ai déjà retrouvée une fois, et je descends de mon 4x4 en claquant la porte, à bout de nerfs. Je pénètre dans le bar, tristement désert, et mes épaules s'affaissent. *Elle n'est pas là*. Mais alors que je m'apprête à tourner les talons, la porte du fond s'ouvre et Austin, le gérant, sort de la pièce en tenant Beth par la taille. Je reste figé un instant, sans comprendre, le cœur battant à tout rompre, mais lorsque mon regard croise celui vide de Beth, je me précipite vers elle pour la prendre dans mes bras, et elle me serre en retour. *Bon sang, j'ai cru ne jamais la retrouver.*

— Si tu savais comme je me suis inquiété. Je te cherche partout depuis hier matin.

Je soupire contre ses cheveux puis je recule pour l'observer. Ses traits sont tirés et les cernes sous ses yeux laissent deviner un manque cruel de sommeil. Mais ce qui me saute le plus aux yeux, ce sont ses vêtements. Je fronce les sourcils en découvrant ces vêtements d'hommes sur elle, la jalousie prenant peu à peu place en moi, mais Beth semble bien vite comprendre mon problème malgré son état de léthargie.

— J'ai pas couché avec lui. Je te le promets. Il m'a juste prêté des vêtements.

Je hoche la tête, la croyant sur parole, avant de la serrer à nouveau contre moi. Elle entoure ma taille de ses bras en soupirant, et je ferme les yeux l'espace d'un instant, soulagé de la savoir en un morceau, même si c'est avec quelqu'un d'autre.

— Je sais que tu veux de l'espace. Mais je t'en supplie, ne me refais plus ça, soufflé-je.

Beth acquiesce tout contre mon torse au moment où Austin s'approche de nous, un sac en plastique à la main.

— Tiens. C'est ses fringues mouillées. Je l'ai foutue sous une douche froide pour lui remettre les idées en place, elle a consommé plus que je n'aurais dû la laisser faire… Et son portable. Elle peut garder les fringues de rechange.

Je hoche la tête en un signe de remerciement à l'attention d'Austin, puis je le détaille, conscient que ce SMS est sûrement de lui.

— Je suppose que je te dois le message ? demandé-je.

— Ouais. Mieux valait que quelqu'un vienne la chercher, vu son état…

— Merci de m'avoir prévenu, dis-je simplement.

J'attrape les affaires de Beth, et alors que celle-ci s'apprête à me suivre, elle manque de trébucher et je la rattrape de justesse. Je lâche un juron et la soulève avec difficulté, et je l'emmène à la voiture après un dernier signe de tête en direction du propriétaire du bar. J'installe Beth à l'avant et jette son sac de fringues à l'arrière, mais elle garde le regard dans le vide. Je reste quelques secondes à l'observer, sans savoir quoi faire, jusqu'à ce que je lâche un profond soupir. *J'aurais aimé ne pas la voir traverser ça.*

— On va passer la nuit ici. La maison de vacances est vide, on pourra y être tranquilles le temps que tu reprennes tes esprits.

Beth ne dit rien, se contentant de hocher la tête, et je prends place au volant pour nous conduire à la maison. Une fois arrivés, je la laisse à l'avant le temps de récupérer les clés dans le boîtier à code, puis une fois la porte ouverte, je la prends à nouveau dans mes bras pour la monter jusqu'à l'étage et la déposer sur le lit. Je la recouvre d'une couverture et Beth ferme presque immédiatement les yeux, l'air exténué, alors que je voudrais pouvoir l'aider plus que je ne le fais… Je m'apprête à tourner les talons à contrecœur pour lui laisser de l'espace, mais à peine ai-je fait un pas que Beth saisit mon poignet en tirant dessus.

— Reste avec moi. Je ne veux pas être seule, souffle-t-elle, les yeux clos.

— Beth… je ne crois pas que… commencé-je.

— Je t'en supplie. Ne me laisse pas seule.

Elle rouvre les yeux pour m'observer, et la détresse que j'y lis me serre le cœur. On ne ressent ces sentiments qu'à de rares occasions dans une vie : le deuil est l'une d'elles. Je le sais, je suis moi-même passé par là. Alors je me résigne à ne pas la laisser seule, et je me glisse sous la couverture pour rester près d'elle. Contre toute attente, elle vient se blottir dans mes bras, et je la serre contre moi en espérant la voir sombrer dans les bras de Morphée, tout en sachant que plus rien ne sera pareil.

Chapitre 17

Son corps contre le mien, je savoure sa présence qui ne durera sûrement pas longtemps, car son réveil signifiera le retour à la réalité. J'étais mort d'inquiétude ces deux derniers jours. Je pensais que les choses iraient dans le bon sens. Je lui ai enfin donné la seule raison pour laquelle je ne voulais qu'elle pour ce contrat, c'est parce qu'elle m'intéressait et que je ne savais pas comment l'approcher à nouveau… Nous avons passé une nuit ensemble il y a quelque temps, nuit après laquelle elle est partie sans même se retourner, persuadée que je recherchais la même chose qu'elle : elle se trompait. Je pensais sincèrement que le moment était le bon, que Beth allait me laisser une chance… Et en la voyant là, dans mes bras, je doute.

Je lui ai offert une épaule sur laquelle s'appuyer avec l'espoir de ne pas la voir sombrer dans son chagrin…

Mais elle a préféré partir pour rejoindre Dundee et un inconnu. Dire que cette constatation n'est pas douloureuse serait un mensonge. Je m'apprête à me lever quand une de ses mains attrape la mienne, et j'avise son visage aux traits tendus en attendant qu'elle parle.

— Reste avec moi.

Je soupire et je me recale dans le lit, sa tête contre mon cœur. Je mets de côté mon égo blessé pour la soutenir, parce que je sais à quel point perdre sa famille est douloureux, et que je ne veux pas la laisser traverser ça seule. Je l'embrasse doucement sur le front pendant que je sens des larmes couler sur mon torse, elle pleure encore et ça me fait mal.

— Tu peux me parler si tu en as envie, soufflé-je.

Elle renifle et enserre un peu plus ses bras autour de moi.

— Je n'arrive pas à croire qu'elle est partie. Elle savait qu'elle allait mourir et elle ne m'a rien dit.

Elle tente d'étouffer un sanglot, mais n'y arrive pas. Je comprends ce qu'elle ressent. J'ai été dans le même état quand ma mère est morte. Je pensais avoir perdu la seule chose au monde qui n'aurait jamais dû me quitter et j'en voulais au monde entier. J'étais seul, mon père absent, Noémie déjà loin de moi. Alors si je sais bien une chose par expérience, c'est que rien ne sert de se flageller, parce que ça ne fait qu'agrandir le chagrin. Beth ne doit pas se sentir coupable.

— Elle a voulu te protéger. Je pense que quand quelqu'un sait qu'il va mourir, il préfère que les gens le traitent comme s'il y avait un lendemain plutôt que comme un cadavre ambulant. Ta grand-mère a profité de ses dernières heures en t'épargnant.

Je me déplace légèrement pour voir son visage et je le prends en coupe avec toute la douceur dont je suis capable pour la regarder à travers ses yeux rougis. Si elle avait su que sa grand-mère était mourante, elle aurait été incapable de se comporter normalement. Face à une personne malade, on a tendance à faire plus attention, à traiter cette personne comme une chose fragile. Et comme me le disait ma mère, les derniers temps, elle voulait qu'on la regarde comme tous les jours et non comme si elle n'allait plus être des nôtres demain. Je suppose que la grand-mère de Beth a préféré ne rien dire pour ces raisons.

— Mais je ne voulais pas être épargnée. Je voulais être là jusqu'à la dernière seconde. Je me suis amusée plutôt que d'être avec elle…

— Je sais…

Je soupire.

— Tu te sens prête pour aller à l'enterrement ?

Elle secoue vivement la tête et je me sens mal de devoir lui en parler alors qu'elle aimerait être tranquille. Mais j'ai dû régler ce côté administratif pour elle, et j'ai fait tout ce que j'ai pu. À présent, c'est à elle de décider si elle a le courage de s'y rendre.

— Je ne suis pas allée à celui de ma mère ni à celui de mon père, répond-elle en reniflant. Mais après quelques jours, je m'en suis voulu de ne pas avoir dit au revoir à ma mère… J'avais l'impression de l'avoir abandonnée et si je pouvais revenir en arrière, j'irais à son enterrement sans hésiter.

Son visage mouillé par ses larmes continue à bouger de droite à gauche, comme si tout ça était au-dessus de ses forces. Je ne pensais pas la voir encore plus mal que quand elle m'a dit ce qui lui était arrivé il y a huit ans. Mais je me trompais. Elle a l'air encore plus dévastée et je déteste la voir comme ça.

Je lui caresse les cheveux dans un geste qui se veut réconfortant. Ce genre de situation n'est jamais joyeux et ça me rappelle beaucoup de choses, à moi aussi. Je la laisse pleurer contre moi jusqu'à ce qu'elle relève la tête pour planter ses yeux dans les miens. Ils sont encore remplis de larmes, comme si son chagrin était infini.

— Si… si j'y vais… je ne veux pas y aller seule.

Je hoche doucement la tête, comprenant parfaitement où elle veut en venir.

— Je serai là. N'en doute pas.

Elle acquiesce avant de se repositionner contre moi, à croire qu'elle ne sait plus rien faire d'autre. Je prends une profonde inspiration, car je *dois* lui parler de l'enterrement que j'ai dû organiser pour elle. Elle est partie sur le coup et elle n'était pas là pour tout préparer, alors je m'en suis chargé.

— Elle va être enterrée à quinze heures. J'ai fait réserver un emplacement et j'ai choisi son cercueil et la pierre tombale. Tu n'auras rien à faire.

— Merci, Smith.

Un petit mot qui signifie beaucoup pour moi. Je n'ai pas l'habitude de me mêler des affaires des autres, mais j'ai eu la conviction que si je ne le faisais pas, Beth n'aurait pas la force de prendre tout cela en charge. Je suis heureux de savoir que j'ai bien fait.

— Si tu te sens prête, on va reprendre la route. D'accord ?

Elle acquiesce sans dire un mot, puis se redresse dans le lit, et je dépose une main dans le creux de son dos. Elle semble ailleurs, comme vidée de tout sentiment, et je finis par me relever pour descendre chercher des gâteaux secs. Beth me suit tout en se recoiffant.

— Tu devrais manger avant qu'on prenne la route.

Beth hoche la tête et accepte le paquet de biscuits, puis nous quittons la maison pour rejoindre la voiture dans un silence pesant. Je prends la route d'Édimbourg tout en lui jetant quelques coups d'œil discrets, inquiets. J'ai fait mon deuil dans l'alcool et le sexe, à deux reprises, je ne veux pas la voir faire la même chose, parce que ça n'apporte rien de bon. Au final, on se sent plus seul que jamais, et pour moi, ça n'a fait que retarder le moment d'accepter que les personnes que j'aimais n'étaient plus là. Je sais que je ne serais jamais assez persuasif pour l'empêcher de dérailler, mais je me dois au moins essayer.

— J'avais prévu de te dire que je voulais plus jamais te voir, lâche Beth.

Je sursaute en entendant ses mots et je me tourne vivement vers elle avant de me reconcentrer sur la route, les mains crispées autour du volant. J'ai l'impression qu'elle me plante un couteau en plein cœur en me disant ça, mais le fait qu'elle parle au passé me rassure au moins un peu. *Qu'est-ce que j'ai fait pour la pousser à penser ça ?*

— Plus maintenant ?

Je serre la mâchoire pour éviter de céder à la panique. Peu importe ce qu'elle va me répondre, je ne compte pas l'abandonner. Pas alors qu'elle est si mal. Je m'en voudrais de lui tourner le dos alors que, même si un contrat nous liait, elle m'a soutenu face à mon père.

— Non… Je voulais m'isoler. Je me suis dit que je ne pouvais pas être heureuse alors que ma grand-mère ne le sera plus jamais. Mais je ne veux pas perdre la seule personne qui tolère ma présence. C'est égoïste, mais j'ai pas envie de me retrouver seule.

Mes doigts lâchent leur prise sur le volant et je tends ma main vers Beth qui la prend sans hésitation. Je ne sais pas si elle me veut en tant qu'ami ou plus, ni si elle a conscience que je fais bien plus que simplement la tolérer, mais au moins, elle me veut et c'est ce qui compte. Ça fait bien longtemps que je n'ai plus rien ressenti pour personne et je n'ai pas envie de perdre ce sentiment en même temps qu'elle. *Parce que même si je lui ai dit le contraire, je crois que je saurais l'aimer si elle m'en laissait l'occasion.*

Chapitre 18

Je remonte la fermeture éclair de sa robe en même temps que Beth se regarde dans le miroir. On ne va pas tarder à devoir partir pour rejoindre le lieu de l'enterrement et je la sens de plus en plus tendue. Je l'ai aidée à refaire ses pansements puis à s'habiller, et maintenant qu'elle est prête, elle a l'air de plus en plus paniquée, comme si approcher de l'enterrement rendait les choses plus réelles.

— Voilà, tu es prête, dis-je en passant une main dans son dos.

Elle soupire et lisse les plis imaginaires de sa robe avant de se tourner vers moi, les yeux embués.

— Je ne suis pas prête à la laisser partir.

— Je sais. On ne l'est jamais vraiment.

Je la prends dans mes bras et elle se laisse faire, c'est devenu son exutoire depuis que nous sommes rentrés. À chaque fois qu'elle sent les larmes arriver, elle se serre contre moi et ne me lâche plus, et je n'ai aucune intention de la repousser.

— Je n'ai plus aucune famille.

Elle pleure de plus belle en froissant le tissu de ma chemise entre ses doigts, mais peu m'importe si ça lui fait du bien. Elle se sent seule au monde et elle a besoin d'évacuer toute sa tristesse. Je la sens se reculer légèrement et elle plante ses yeux dans les miens, s'apprêtant à me dire quelque chose, mais elle s'arrête, sourcils froncés.

— Ton téléphone sonne.

Merde. Je l'embrasse rapidement sur le front et je cours dans son salon attraper mon portable dans ma veste de costume. Je fronce les sourcils en comprenant qui tente de me joindre, n'ayant aucune envie d'avoir des emmerdes aujourd'hui, mais je décroche tout de même, la mâchoire crispée.

— C'est pas le moment, je suis occupé.

— Je sais, et crois-moi je me serais passé de cet appel. Mais ma femme a appris pour Beth, et elle veut des nouvelles. Elle propose aussi de venir à l'enterrement.

Je me pince l'arête du nez, aussi exaspéré que touché par l'attention d'Anna. Liam s'impatiente à l'autre bout du fil tandis que je rejoins la chambre de Beth où je la trouve assise sur le lit. Je coupe le micro de mon téléphone le temps de lui transmettre le message, et Beth m'observe d'un air interrogateur.

— C'est Liam. Anna veut savoir si tu veux qu'elle vienne à l'enterrement.

Beth fronce les sourcils en observant mon portable puis elle hoche la tête.

— Si elle veut.

Je ne suis pas dupe. Jamais Beth n'avouerait avoir besoin de quelqu'un. Mais je sais que savoir que les gens viennent pour la soutenir l'aide à tenir.

— Anna peut venir si elle veut, dis-je en reprenant le téléphone.

— OK. Je le dis à Anna. Je serai là aussi. Envoie-moi l'adresse par message.

Je souffle en raccrochant, sachant pertinemment qu'il ne vient que pour ne pas laisser seule Anna avec moi. Je le comprends, je serais à sa place, je ferais surement la même chose. Mais ça ne veut pas dire que j'apprécie. Je lui envoie comme promis l'adresse puis je pose mon portable et je m'accroupis devant Beth en prenant ses mains dans les miennes.

— On y va ?

— Tu me promets que tu ne me lâcheras pas ?

— Promis.

Je me relève, elle fait de même et je récupère nos affaires avant de nous emmener à ma voiture. Beth s'installe à l'avant en silence et je nous conduis au lieu de rendez-vous sans dire un mot. Il y a déjà pas mal de monde attroupé face au cimetière étant donné qu'il n'y a aucune cérémonie religieuse organisée. Au moment où je m'apprête à sortir, Beth m'attrape le bras et me regarde comme pour me supplier de ne pas y aller.

— Attends. Juste une minute.

Elle relâche sa prise et se prend la tête entre les mains en respirant fort comme pour se calmer. *J'ai mal pour elle.*

— Je vais devoir parler à tous ces gens ?

— Pas si tu ne le veux pas. Je peux m'en charger.

Elle relève la tête puis hoche vivement la tête avant d'ouvrir la portière et de descendre avec hésitation. J'en fais de même et je la rejoins en lui tendant une main qu'elle attrape pour entrelacer nos doigts. Nous progressons dans cette foule, arrêtés à plusieurs reprises par des gens de tout âge pour présenter leurs condoléances à Beth, et je ne la lâche pas un seul instant. Peut-être que je me fais des idées, que je m'accroche à quelque chose qui n'existe pas, mais j'ose espérer que rester à ses côtés l'aide.

Je ne sais pas qui sont ces personnes qui nous parlent, je me suis simplement occupé de faire mettre un avis de décès dans la rubrique « nécrologie » du journal local, mais Beth semble connaître chacune de ces personnes. Lorsque j'aperçois une voiture qui m'est familière, j'attire l'attention de Beth pour la lui montrer, et je l'attire jusqu'à la voiture familiale de mon cousin.

Liam descend de la voiture, très vite rejoint par Anna, et celle-ci vient serrer Beth dans ses bras comme si elles étaient amies. Liam se place à côté de moi, bras croisés, observant ce spectacle avec autant de perplexité que moi.

— Dire que je pensais qu'elles se détestaient… J'arrive encore à être surpris, soupire-t-il. Je suis désolé pour sa grand-mère.

— Moi aussi…

J'observe Beth dont les larmes ne cessent de couler, le cœur serré. On a beau me penser indifférent au malheur des autres, ce n'est pas le cas. Je sais que les gens ont parfois des vies compliquées, des difficultés qui semblent ou sont insurmontables. Ma mère s'est assurée de me conscientiser à mon entourage en m'élevant à l'encontre des valeurs de mon père. Alors peu importe ce que les apparences laissent croire, je déteste voir Beth comme ça, et j'aimerais pouvoir lui retirer sa peine.

— Malgré la situation, je suis heureux de te voir aimer quelqu'un. C'est bien que tu sois là pour elle, poursuit Liam.

— Je ne l'aime pas, dis-je trop rapidement pour que ce soit vrai.

— Bien sûr. Moi aussi je disais ça d'Anna.

Il me donne une tape amicale dans le dos avant de rejoindre sa femme et Beth. Il prend ma copine dans ses bras, et elle se laisse faire sans rien dire, même si son regard reste posé sur moi. Je sais que Liam a raison, je commence à l'aimer plus que ce que j'aurais pensé possible, et je n'en ai pas peur. S'il n'y avait pas eu ce décès, j'aurais foncé tête baissée dans cette relation. Quand elle relâche enfin mon cousin, elle revient vers moi pour se rapprocher, un bras autour de ma taille et le regard posé autour d'elle.

— Tout le monde me présente des condoléances, mais des mots ne la ramèneront pas.

— Crois-moi, je suis passé par là aussi. Le mieux à faire est de hocher la tête et de passer au suivant… Dès que c'est fini, je te promets de te sortir d'ici.

— Merci.

Elle essuie ses yeux avant de prendre ma main pour que je la suive jusqu'à la tombe ouverte, autour de laquelle les gens patientent entre nostalgie et pleurs. Beth observe le cercueil être amené, les yeux brillants. Je passe un bras autour de ses épaules et je la sers contre moi en même temps que des sanglots continuent de lui échapper. Elle pleure la perte de cet être cher et je veux la réconforter, lui montrer que je suis là peu importe les épreuves.

Une vieille dame prononce quelques mots, mais Beth est incapable de dire quoi que ce soit alors je m'avance pour le faire à sa place. *J'aurais aimé que quelqu'un parle pour ma mère.*

— Je n'ai pas connu Théana, je ne l'ai même que croisée à de rares occasions ces dernières semaines, mais je connais très bien sa petite fille. Elles étaient proches et s'aimaient. Cette femme avait l'air d'être quelqu'un plein de vie et aimante, et j'espère de tout cœur qu'elle reposera en paix.

Après ces quelques mots, je rejoins Beth qui n'a cessé de m'observer en pleurant. Elle passe une main sur ma joue, les lèvres tremblantes, mais le regard reconnaissant.

— Merci. Ça compte beaucoup pour moi.

Je repasse un bras autour de ses épaules et elle passe le sien autour de ma taille pour me garder près d'elle. Nous observons le personnel des pompes funèbres refermer la tombe puis les gens venir dire au revoir à Beth en lui présentant encore une fois leurs condoléances. Je la sens saturer de toutes ces politesses lorsque la dernière personne se présente devant elle. Et je ne peux que comprendre. Il ne reste plus que Liam et Anna qui s'approchent vers nous, les larmes de Beth ayant séché à force de pleurer.

— Je ne vais pas te dire que je suis désolée, tu l'as sûrement déjà beaucoup entendu. Mais si tu as besoin d'une amie, appelle-moi, lui propose Anna.

Anna lui sourit gentiment et Liam pose une main sur son épaule avant de partir avec sa femme, nous laissant tous les deux seuls devant cette tombe. Beth s'accroupit devant et caresse les lettres du prénom de sa grand-mère, le regard triste, comme souvent ces derniers jours.

— Elle détestait son prénom. Je vais faire rajouter « Mamita » sur sa tombe. Je sais que c'est toi qui as tout fait, alors merci.

Elle s'est relevée en me disant ça et elle dépose ses lèvres au goût salé sur la commissure des miennes. C'est un baiser innocent qui veut dire beaucoup à mes yeux. Parce qu'il signifie qu'il y a encore quelque chose entre nous. Peu importe ce qu'elle a traversé et ce qu'elle va traverser, je serai là pour elle et je compte la soutenir, du moment qu'elle me le permettra. Elle n'y croit pas elle-même, mais je sais d'expérience qu'un jour, elle ira mieux, qu'elle se lèvera le matin avec les épaules légères, et je ferai tout pour lui redonner le sourire et lui montrer qu'un autre horizon est possible.

Chapitre 19

Mon ventre commence à crier famine alors que je me gare face au petit restaurant où j'aime passer du temps, Beth à côté de moi. L'enterrement d'hier a été éprouvant pour elle, et elle refuse de rentrer chez elle. Alors pour ne pas la laisser seule, je l'ai laissée rester chez moi, et j'ai décidé de l'obliger à sortir pour qu'elle voie du monde. Je descends de la voiture et Beth n'attend pas pour en faire de même avant de s'approcher du restaurant et y pénétrer. À peine ai-je passé la porte que Nala zigzague entre les clients pour venir me saluer, et je la prends dans mes bras en souriant, tandis que Beth observe ma chienne avec curiosité.

— Tu l'as laissée dans un restaurant ? demande-t-elle.

— Il fallait bien la faire garder. Je la ramène avec nous après.

Au moment où je repose mon chiot au sol, Tray s'approche de nous en souriant, et prend mon meilleur ami dans mes bras alors qu'il n'a d'yeux que pour Beth. *En même temps, il en faut pour que j'amène quelqu'un ici.*

— Je suis content de te voir, en charmante compagnie qui plus est… dit-il.

— Je suis toujours en charmante compagnie avec ta femme, attaqué-je, moqueur. T'as une table pour deux ?

— Je sais pas, t'as qu'à demander à ta femme, rétorque-t-il en plaisantant.

Beth nous regarde, l'ombre d'un sourire sur les lèvres, toujours absente, et Tray nous emmène au fond du restaurant pour nous installer à ma table habituelle, à l'écart. Nala vient se coucher à mes pieds, et alors que Tray tente de sourire à Beth, celle-ci reste neutre, détachée.

— Tu peux garder Lilia ce soir ? demande-t-il en se détournant d'elle.

Je fixe Tray puis Beth, ne sachant pas quoi dire. J'adore garder Lilia, mais je ne suis pas sûr que ce soit une bonne idée avec Beth à la maison. Mais avant que je n'aie pu demander quoi que ce soit, Beth semble comprendre où je veux en venir

— Vas-y. Je pourrais toujours rester avec vous.

Tray lui sourit gentiment et nous tend les menus, l'air satisfait que je garde sa fille.

— Polly la déposera chez toi à dix-neuf heures, alors. Merci du dépannage ! Elle aura mangé. D'ailleurs, tu ne m'as pas présenté ton amie, dit Tray, tentant désespérément d'attirer l'attention de Beth, curieux comme il est.

— En effet. Tray, voici Beth. Beth, voici Tray, mon seul ami et le plus chiant.

— Chiant ? T'as déjà essayé de te supporter toi-même avant de me critiquer ?

Sa remarque a le mérite de tirer un léger rire à Beth qui fixe la table. Tray semble comprendre le malaise et s'éclipse discrètement pendant que je me retourne vers Beth.

— Tu veux manger quoi ?

— Rien. Je vais juste prendre un chocolat chaud, j'ai pas faim.

Je soupire doucement, mais je ne la contredis pas, ça ne ferait que la faire se renfermer un peu plus. Elle se force à manger depuis notre retour à Édimbourg, la pousser ne changera rien.

— Smith ! Je pensais que tu nous avais oubliés après deux semaines de silence !

Mon amie s'approche de moi et me serre dans ses bras sous le regard de plus en plus triste de Beth. Polly me claque un bisou sur la joue puis elle se relève et prend nos commandes avec gaieté, après avoir salué Beth comme si elles se connaissaient, amicale avec tout le monde. Beth m'observe avec perplexité, et je l'interroge du regard.

— Ancien plan cul ? me questionne-t-elle.

J'écarquille les yeux en me retenant de rire, n'ayant jamais envisagé Polly dans ce sens-là.

— Laisse… J'ai rien à dire sur ta vie sentimentale, c'est déjà gentil d'être là pour moi, se reprend Beth sans attendre ma réponse.

— Tu peux me poser des questions, Beth. C'est Polly, la femme de Tray.

— Oh…

Elle jette un regard à ce petit bout de femme avec une expression coupable. Même si je sais que c'est mal, je suis satisfait de savoir qu'elle n'apprécie pas qu'une fille me montre autant d'affection, elle ne parle pas beaucoup et ses réactions sont mon seul moyen de savoir ce qu'elle pense.

— Désolé. Je ne devrai même pas penser à ça.

— Pourquoi ?

— Je m'en veux de penser à ça alors que ma grand-mère vient de décéder.

— T'as le droit de vivre, Beth.

Je ne lui demande pas d'oublier sa grand-mère, elle ne le pourra jamais, mais elle doit comprendre que cette dernière n'aurait sûrement pas voulu voir sa petite fille dépérir de cette façon. Je crois que je remuerai ciel et terre pour lui faire comprendre qu'elle doit commencer à vivre pour elle, et arrêter de se sentir coupable pour tout.

— Je ne comprends vraiment pas pourquoi tu fais tout ça pour moi. Ça ne t'apporte rien, souffle-t-elle en fixant la table.

— Parce que je suis en train de tomber amoureux de toi.

C'est sorti tout seul et je ne regrette absolument pas. Je veux qu'elle sache que je ne veux pas de son amitié ou d'un simple plan cul, même après ces derniers jours. Son visage surpris et ses yeux qui retrouvent un peu de leur éclat me confirment que j'ai bien fait. J'ai réussi à susciter une émotion chez elle, grâce à quelques mots, et c'était le but espéré. J'attrape sa main et j'en caresse le dos de mon pouce pendant que je la fixe avec insistance.

— Mais je croyais que… commence-t-elle.

— Je sais. Je t'ai dit avant que tout ne commence entre nous que je ne voulais personne. C'est juste que je n'avais pas vraiment essayé avec quelqu'un depuis longtemps, mais je suis sincère. Je tombe amoureux de toi.

J'espère lui tirer un sourire, mais au lieu de ça elle retire sa main de la mienne et fixe le sol. Mais qu'est-ce que je fais de travers, bon sang ?!

— Tu finiras par m'abandonner comme tout le monde, peu importe ce que tu dis.

Je me lève de ma chaise et je la rejoins sur la banquette pour encadrer son visage avant de déposer mes lèvres sur les siennes. Elle frissonne à mon contact et répond à mon baiser plus que je ne l'espérais. Sa langue glisse sur la mienne et sa main passe dans ma nuque pour me rapprocher d'elle. Mais même si j'en ai très envie, je ne peux pas la laisser aller plus loin sans lui avoir parlé. Mes lèvres frôlent les siennes en même temps que je lui parle, les yeux ancrés dans les siens.

— Je ne t'abandonnerai pas, chaton. Je sais que c'est dur de perdre quelqu'un, mais ne te renferme pas et ne m'éjecte pas de ta vie parce que tu as peur. Je sais que je ne suis pas vraiment le mec idéal, mais laisse-moi t'aider. Laisse notre relation faire son bout de chemin. On avisera ensuite.

Son visage reste neutre malgré mes tentatives pour lui rendre son sourire, mais je vois bien cet éclat d'espoir briller dans son regard.

— J'arriverai pas à t'éloigner même si je le voulais, finit-elle par céder.

— Non, en effet.

C'est à ce moment-là que Polly nous apporte ma salade et le chocolat de Beth, ainsi que deux muffins offerts par la maison. Je rapproche l'assiette de Beth, espérant la voir manger ces pâtisseries, et je suis soulagée de la voir en prendre une et croquer dedans.

— J'ai deux choses à te demander, finit-elle par dire.

— Quoi que ça puisse être, c'est oui. Mais je t'écoute.

Je la fixe du coin de l'œil en buvant mon café, toujours à côté d'elle sur la banquette du restaurant. Je suis sérieux, peu importe ce qu'elle me demandera, je serai là.

— Je vais devoir trier ses affaires et je ne veux pas le faire seule. Si tu as du temps, tu veux bien m'aider ? Je sais qu'on reprend la fac lundi et je comprendrai que tu ne puisses pas.

Elle sépare son muffin en deux en même temps qu'elle parle, m'en tendant un bout, et je le place sur le bord de mon assiette pour la suite sans la quitter des yeux. *Elle pense vraiment que je pourrais refuser ?*

— Bien sûr que je vais venir t'aider. Et la deuxième chose ?

Elle plante ses yeux dans les miens, plus aucune larme n'y est logée et elle pose une main sur ma jambe, attisant ma curiosité.

— Je ne veux pas rentrer chez moi. Je peux… rester ?

Je lui souris avant de déposer ma main sur la sienne. Si elle peut rester ? Je ne demande que ça. Alors aussi longtemps qu'elle me supportera, ma porte et mon lit lui seront ouverts.

Chapitre 20

Beth est assise sur le canapé tandis que je me lève pour rejoindre la porte d'entrée après avoir entendu la sonnette. J'ouvre la porte et une tornade blonde me saute dessus presque aussitôt, et je l'aide à grimper jusqu'à mon cou pour l'embrasser sur sa joue joufflue. Lilia gigote dans mes bras en riant, visiblement en forme, puis je me tourne vers sa mère qui nous observe en souriant.

— Qu'est-ce que tu lui as donné pour qu'elle soit si agitée ? demandé-je.

— La nounou lui a donné du sucre, soupire Polly.

Je grimace en jetant un regard fatigué à Lilia. À chaque fois qu'elle ingurgite trop de sucre, elle devient ingérable et Polly le sait pertinemment. *Je parie même que c'est pour cette raison que je la garde ce soir.*

— Ça t'arrange que ce soit moi qui m'en occupe, avoue.

— Oui, je te laisse l'honneur de la gérer. Elle était excitée à l'idée de te voir en plus, et puis ça nous fera une soirée en amoureux, dit Polly en souriant. Bon, tu es sage avec tonton, d'accord ? dit-elle à sa fille.

— Je suis toujours sage, répond Lilia.

Je tire la langue à la petite et elle me tire l'oreille en retour alors que sa mère l'embrasse avant de partir dans l'autre sens. Polly doit revenir la chercher demain matin assez tôt, et je sais d'avance que la soirée va être longue, étant donné l'état d'agitation de Lilia…

— Tu n'es pas la seule fille aujourd'hui, OK ? dis-je à Lilia en l'emmenant au salon

— Tu as une amoureuse ? demande-t-elle innocemment.

Je ris, pas le moins du monde surpris par la perspicacité de cette enfant, entre Polly et Tray, il ne pouvait pas en être autrement.

— Oui, tu verras.

Je repose Lilia au sol et elle court rejoindre Beth sans même savoir qui est cette dernière. Je la trouve assise près d'elle sur le canapé, ma copine souriant doucement à Lilia. *Au moins une qui arrive à lui tirer un sourire…*

— Dis-moi, t'as la cote avec les enfants, dis-je en riant.

— Il faut croire…

Elle sourit à la petite fille, mais je vois bien que quelque chose ne va pas, et ce n'est malheureusement pas le moment de lui demander. Lilia se retourne vers moi, curieuse, comme toujours, et je viens les rejoindre sur le canapé.

— Tonton, elle est où Nala ?

— Dehors. Tu peux aller dans le jardin si tu veux, mais interdiction de grimper dans les haies, compris ?

Elle hoche vivement la tête, sachant parfaitement qu'elle n'a pas intérêt à désobéir, et descend du canapé pour rejoindre ma porte vitrée. Je la suis pour lui ouvrir, puis je rejoins Beth tout en surveillant Lilia à travers la fenêtre. Elle rigole à gorge déployée sous les léchouilles de mon chiot, et je me détourne de ces deux-là pour me tourner vers Beth, sentant son regard sur moi.

— Tonton ? demande celle-ci.

— Ouais. Tray et Polly ont tenu à ce que je sois son parrain, et elle m'a appelé tonton sans que personne ne demande rien…

Et je ne m'en plains pas. Je l'ai vu naître, je l'ai gardée quand elle était malade.. Elle est bien plus de ma famille que n'importe qui qui partage mon sang.

— Elle est mignonne, reprend Beth. Elle me fait un peu penser à ma petite sœur à l'époque. Même si Lilia semble un peu plus jeune.

Beth sourit avec nostalgie, et je l'observe avec attention. Peut-être que je me fourvoie, mais j'ai la profonde impression que la seule personne qui sera capable de lui redonner le sourire est sa sœur. Il faut juste que je la retrouve. Et j'ai une petite idée de comment faire. Je me lève sous le regard interrogateur de Beth, et je lui souris pour la rassurer.

— Tu peux t'occuper de Lilia une petite heure ? J'ai oublié que j'ai un truc important à faire.

— Je… euh… Tu me confierais un enfant ?

Je lève les yeux au ciel, agacé qu'elle ne comprenne pas que je ne la considère en rien comme un monstre.

— Oui. Aux dernières nouvelles, tu ne manges pas les enfants.

Mon humour a le mérite de lui tirer un léger rire, et Beth se résigne. Je lui vole un baiser puis écris rapidement le principal concernant Lilia avant de lui tendre.

— Ce sont ses allergies et ce que tu ne dois pas lui donner. Je reviens rapidement, juste le temps de m'occuper d'un papier important.

Je passe prévenir Lilia de mon absence, puis je prends mes clés de voiture avant de filer droit au manoir de mon cousin. Seuls ses contacts pourront obtenir les informations que je recherche, et s'il faut traiter avec lui pour Beth, alors je le ferai. Je suis surpris de voir son majordome m'ouvrir le portail sans la moindre protestation, et je me gare juste devant la grande porte avant de toquer avec force.

Anna m'ouvre avec méfiance, l'air sincèrement surpris, et elle me laisse entrer en me toisant. Ça fait des années que je n'ai pas mis les pieds ici à cause de nos différends, et ça a beaucoup changé. Tout est plus moderne, plus chaleureux, et des photos de Charline, mon cousin et sa femme sont accrochées un peu partout.

— Que fais-tu là ? me demande-t-elle alors que j'observe autour de moi.

— En fait, je dois voir mon cousin.

— Pour quoi faire ?

Je souffle d'agacement, n'ayant aucune envie de me justifier. Je sais que mes mots ont dépassé ma pensée la dernière fois que je suis venu ici, et que jamais je n'aurais dû tenir Charline pour responsable du décès de Noémie, mais j'ai évolué. J'ai fait mon deuil, j'ai avancé, j'ai grandi, je me suis construit. Je voudrais que nous puissions passer au-dessus de ça, pour au moins réussir à nous tolérer. Je sursaute en sentant quelqu'un s'accrocher à ma jambe et je découvre leur fille qui m'étreint avec force. Charline ressemble à Noémie et même si ce constat ne me fait plus mal, c'est étrange de la retrouver à travers elle. Lorsqu'elle me tend les bras pour être portée, je la soulève et la cale sur ma hanche sous le regard surpris d'Anna.

— T'as changé Smith. Je n'aurais jamais cru te voir regarder Charline avec bienveillance.

Je soupire, coupable. C'était facile de partir du principe que la mère de Charline est décédée simplement à cause de sa grossesse, que le bébé est responsable de tout ceci, mais ce n'est pas vrai. Charline n'a rien fait, sa mère biologique n'a pas pu accoucher, et c'est ce qui l'a tuée. Je ne peux pas tenir les gens pour responsables simplement pour tenter de faire mon deuil, je l'ai compris avec le temps.

— Je sais, et je suis désolé pour ce que j'ai pu dire…

— Tu as dit quoi ? demande Charline en m'observant de ses grands-yeux.

— Des choses de grands, dis-je pour changer de sujet.

— Bon, je vais chercher Liam. Je te laisse avec Charline. Mais au moindre mot de travers… commence-t-elle.

J'acquiesce, comprenant parfaitement la méfiance d'Anna, avant de me retrouver seule avec la petite qui m'observe.

— Qu'est-ce que tu as ?

Elle pince mon nez puis ma joue en souriant et j'ai l'impression de revoir Lilia il y a quelques mois lorsqu'elle s'amusait à pincer tout le monde.

— Où est Nana ? demande-t-elle.

Je fronce les sourcils avant de comprendre qu'elle parle de mon chiot.

— C'est Nala.

— Oui, j'ai dit Nana.

Je lève les yeux au ciel, habitué aux déformations de langages des enfants grâce à Lilia. Je suis presque sûr qu'elle le disait correctement lorsque je l'ai vu à Dundee… Mais peu importe, si ça lui fait plaisir de confondre *Le Roi lion* et *Peter Pan*.

— Elle est à la maison avec Beth.

— Oh, c'est nul. Quand tu reviens, tu l'amènes ? demande-t-elle en posant ses petites mains sur mes joues.

— On verra ça.

Elle me sourit quelques secondes puis gigote dans tous les sens jusqu'à ce que je la pose au sol. Je comprends vite pourquoi lorsque je la vois courir vers son père qui arrive vers nous, la mine fermée.

— Que veux-tu ? demande-t-il sans aucune amabilité.

— On se calme, je suis là en paix.

— C'est déjà ce que t'as dit la dernière fois, je n'ai aucune confiance en tes mots.

Je me passe une main sur le visage, déjà agacé par cette conversation. Si je ne faisais pas ça pour une bonne raison, j'aurais déjà foutu le camp.

— Je suis là pour Beth. J'ai besoin de ton détective privé.

Il me dévisage avec méfiance, mais part tout de même me noter le numéro de son agent avant de me le tendre. Voilà des années qu'il travaille pour l'entreprise de Liam, bien avant qu'il n'en hérite, et je sais que si quelqu'un pour trouver des informations malgré un casier judiciaire scellé, c'est bien lui.

— Tu comptes faire quoi ? me questionne Liam.

— Retrouver quelqu'un pour Beth.

— Crois en mon expérience, les femmes n'aiment pas qu'on se mêle de leur vie. Alors réfléchis-y à deux fois, me prévient-il.

— Liam a raison. Et vu le tempérament de Beth, elle n'appréciera pas, intervient Anna en venant vers nous.

— Je connais assez Beth pour savoir qu'elle ne va pas apprécier, mais une fois qu'elle aura digéré ce que je compte faire, elle comprendra, dis-je simplement.

Bien sûr que je sais que Beth risque de se mettre en colère. Après tout, elle a explicitement dit qu'elle ne voulait pas entrer dans la vie de sa sœur de peur de lui faire du mal. Mais si elle ne la retrouve jamais, elle le regrettera. Alors je préfère la voir me détester quelques jours que de continuer à l'observer se détruire seule avec son chagrin.

— Si tu le dis. En tout cas, si elle a besoin qu'elle n'hésite pas à m'envoyer un message, propose gentiment Anna.

Je leur souris poliment avant de sortir de chez eux, surpris par la gentillesse constante d'Anna, à croire qu'elle ne sait pas détester quelqu'un. Une fois dehors, je prends mon portable et je compose le numéro que Liam m'a donné. Plus vite je m'en occupe, plus vite j'aurais mes réponses. Son détective répond à la première sonnerie, et je suis surpris de tomber sur une voix féminine. *Dire que je croyais qu'il s'agissait d'un homme depuis tout ce temps…*

— Détective Bishop, que puis-je pour vous ? demande-t-elle.

— Bonjour, je suis Smith White. J'aurais besoin de retrouver quelqu'un. J'ai eu votre numéro *via* Liam White, précisé-je.

— Je sais qui vous êtes, dit-elle seulement. Qui et pour quand devez-vous retrouver cette personne ?

— Pour demain, si possible. Votre prix sera le mien.

— Sans problème. Donnez-moi toutes les informations que vous possédez, je vais voir ce que je peux faire.

Je passe le quart d'heure suivant à lui donner le peu d'informations que je possède sur Beth et sa sœur.

— C'est noté. Je vous recontacte au plus vite. Donnez-moi votre adresse, je vous enverrai une facture.

Je m'exécute puis je raccroche avant de prendre le volant. Je ne sais pas si c'est une bonne idée, mais qui ne tente rien n'a rien. Si la piste s'avère concluante, j'espère que réunir les sœurs amènera quelque chose de positif, car autrement, je ne sais pas ce que je pourrais faire de plus.

Chapitre 21

Je retrouve Beth sur le canapé, Lila endormie sur ses genoux. Je m'approche doucement sans faire de bruit et je prends la petite dans mes bras avant de fixer mes yeux dans ceux de Beth qui me détaillent avec curiosité. J'ai pris plus de temps que prévu sur le retour, faisant un arrêt rapide au supermarché pour acheter les quelques courses qu'il me manquait.

— Où étais-tu ? chuchote-t-elle. Je l'ai fait manger et elle s'est endormie en un rien de temps. Nala l'a épuisée.

— Avec Liam et Anna, et j'ai acheté des trucs pour demain matin.

Elle ouvre grand les yeux, surprise que je sois passé voir mon cousin, et j'emmène Lilia jusqu'à la chambre que j'ai aménagée il y a déjà presque deux ans pour elle sans un mot de plus. C'est une pièce toujours fermée sauf quand elle est là, car je refuse une quelconque intrusion dans son espace. Je la dépose sous sa couverture et je remets ses petits cheveux blonds en place, allume sa veilleuse, et ressors de la pièce. Je ferme doucement la porte et je rejoins Beth qui n'a pas bougé du canapé.

— Pourquoi t'es allé les voir ?

Je lâche un rire amusé face à ses questionnements. Si elle s'imagine des choses, elle est bien loin de la vérité.

— J'avais juste besoin de demander un service à Liam.

— Quel service ?

— Vous êtes bien curieuse, mademoiselle Sanders…

Je grimpe sur le canapé jusqu'à être complètement au-dessus de son corps allongé sur le canapé. Je dépose mes coudes de chaque côté de sa tête alors que son souffle se fait court.

— Et vous, vous êtes bien secret monsieur White, souffle-t-elle en passant une main dans ma nuque.

— Mais tu aimes ça.

Mes lèvres se déposent sur sa mâchoire puis j'embrasse ses joues, son nez, son front, et enfin ses lèvres.

— J'aime autre chose…

Ses paroles restent en suspens en même temps qu'elle croise ses jambes autour de ma taille, et je l'interroge du regard.

— Tu es sûre de la direction que tu prends ? demandé-je en me retenant de me jeter sur ses lèvres.

— J'ai l'air d'hésiter ?

Elle appuie ses propos en me rapprochant un peu plus d'elle, jusqu'à ce que mon bassin rencontre le sien, et je retiens un grognement pour ne pas réveiller Lilia.

— Tu vas devoir être silencieuse, préviens-je.

— Et tu comptes m'interdire de jouir, pendant que tu y es ?

— Ne me tente pas.

Elle rit sincèrement pour la première fois de la journée et je crois qu'aucun son ne m'avait jamais autant manqué. Elle s'approche de mon oreille pour me chuchoter quelques mots, l'air plus sûre d'elle que je ne l'aurais cru possible ces derniers jours.

— Fais-moi oublier.

Je me recule pour la fixer dans les yeux. Pas que je n'aime pas cette idée, au contraire, mais je ne veux pas qu'elle finisse par regretter. *Oublier n'efface pas les problèmes.*

— Je te le demande, Smith. Fais-moi oublier, s'il te plaît.

Il ne m'en faut pas plus pour écraser ma bouche sur la sienne et la soulever pour l'emmener dans ma chambre, à l'opposé de celle de Lilia. Je pousse la porte à l'aide du dos de Beth et je la laisse tomber sur le lit avant d'aller chercher ce que je désire. Je sors un vibromasseur de ma salle de bains avant de revenir dans ma chambre pour trouver Beth entièrement nue, le visage déterminé et le regard enflammé. *Bordel. Elle causera ma mort.*

Ses yeux dérivent vers ma main où je tiens ce jouet et elle ne cache pas sa curiosité, la tête penchée sur le côté. Je me déshabille à mon tour et je grimpe ensuite sur elle, nos yeux accrochés.

— Ça te tente ? soufflé-je en frôlant ses lèvres.

— Oui.

Je lui fais un sourire mutin et j'allume le vibromasseur pour le rapprocher de son intimité. Beth se cambre au moment où les vibrations rencontrent son clitoris, et je souris tout en déposant mes lèvres sur la peau fine de son cou. J'aime la savoir à ma merci, la voir vulnérable et complètement abandonnée dans mes bras. C'est l'une des visions que je préfère. Je glisse le vibromasseur en elle tout en écrasant mes lèvres sur les siennes, et j'étouffe l'un de ses gémissements de ma bouche. Beth tente de se mouvoir autour du sex toy, mais j'arrête tout mouvement, lui tirant un râle de frustration.

— Pourquoi tu t'arrêtes ? halète-t-elle.

— On a toute la nuit pour ça.

J'enfile un préservatif sous son regard brûlant, puis je la pénètre d'un coup de rein, le bruit de nos peaux résonnant dans la pièce. Mes mouvements sont volontairement lents, et Beth semble s'en satisfaire, ses doigts griffant la peau de mon dos alors que je laisse mes mains se balader sur sa poitrine. Puis mes coups de bassin se font plus rapides, je m'enfonce un peu plus profondément à chaque va-et-vient. Beth gémit à chacun de mes coups de reins et je ralentis lorsque je la sens se contracter autour de moi, avec la ferme intention de la frustrer pour mieux la faire tomber.

— Smith… T'arrêtes pas…

— Oh, mais si, chaton. Je compte t'emmener tout près de l'orgasme sans jamais le déclencher jusqu'à te rendre folle.

Pour appuyer mes mots, mon pouce vient frôler son clitoris et elle serre le drap entre ses mains en même temps qu'elle tente de remuer contre moi. J'immobilise son bassin pour l'en empêcher et je me retire complètement avant de rentrer à nouveau sous un cri de surprise qu'elle étouffe d'une main. J'entrelace ensuite nos doigts pour placer ses bras de part et d'autre de sa tête, laissant nos lèvres se chercher, avant d'entrer en elle sans la quitter des yeux. Je la prends rapidement avant de ralentir en la voyant fermer les yeux d'extase.

— S'il te plaît… Arrête ça…

Elle serre mes mains en même temps qu'elle me rapproche d'elle en enserrant ma taille de ses jambes, mais je ne cède pas tout de suite. *L'attente rend les choses meilleures.*

Mais Beth ne le voit pas de cet œil-ci, elle me jette un regard mauvais puis, sans que je m'y attende, me fait basculer sur le côté afin de se retrouver au-dessus de moi. *Bordel de merde. Cette vision va sûrement rester ancrée dans ma tête encore longtemps.*

Elle commence à monter et descendre le long de ma verge en se retenant de gémir et je laisse mes mains dériver sur la peau de ses hanches qui me sont délicieusement offertes. Je cède avant elle et je plonge dans l'orgasme, tandis que ma belle brune continue ses mouvements de va-et-vient jusqu'à y arriver elle aussi. Elle étouffe un cri dans ma bouche, ses mains posées sur mon torse, et lorsqu'elle écarte son visage du mien, je sens son souffle sur mes lèvres.

— Je veux tester tes autres sex toys.

Je hausse un sourcil, surpris qu'elle les ait vus et qu'elle soit celle qui en ait l'idée, et je souris avant de glisser ma langue contre la sienne. Peu importe ce qu'elle me demande, ses désirs sont des ordres.

Chapitre 22

Lorsque mes paupières se soulèvent, je suis surpris de trouver le lit vide, mais pas inquiet. *Elle n'est pas loin, sa place est encore chaude.* Je me relève en m'étirant, le corps fatigué par la nuit que nous venons de passer, et j'enfile un bas de jogging pour rejoindre le salon où des bruits se font entendre.

Je m'arrête net en découvrant ma cuisine bien trop remplie pour un dimanche matin. Et je déteste voir Beth entourée de tout ce monde alors qu'elle ne porte qu'un simple t-shirt sur elle.

— Tiens, notre Belle au bois dormant est réveillée.

Tray se fout ouvertement de ma gueule tandis que Polly fait déjeuner sa fille, et Beth arbore un sourire absent en observant cette scène. Je lève les yeux au ciel face à mon meilleur ami, puis je m'approche de Beth et je l'embrasse comme j'en meurs d'envie depuis que je suis rentré dans cette pièce. Ma nièce réclame elle aussi un bonjour, et je souris avant d'enfin saluer les autres, toujours près de Beth.

— Sois gentille et va enfiler un truc plus couvrant, dis-je en me penchant vers elle.

— Soit gentil et laisse-moi me balader comme je le veux, dit-elle en se moquant de savoir si les autres l'écoutent ou pas.

Elle me repousse gentiment, et Tray ne manque pas de se moquer alors que je lâche un grognement frustré. Oui, elle se balade comme elle veut, mais je déteste avoir son corps sous les yeux sans pouvoir la toucher.

— Arrête de te moquer Tray, ou je pourrais dire des choses moi aussi, le reprend Polly.

— T'oserais pas.

— Tu veux parier, Tray ?

Beth les observe avec une expression presque amusée et j'attire son attention en lui pinçant la cuisse, peu intéressé par les querelles d'amoureux de mes amis.

— Oui ? demande-t-elle en se tournant vers moi.

— Je vais sûrement sortir cet aprèm. Donc tu seras seule ici.

— Quoi ? Mais pourquoi ?

Elle semble apeurée à l'idée de rester seule, et même si j'adorerais lui tenir compagnie, j'ai bon espoir de rendre visite à Bishop pour avoir des réponses, et je ne peux pas le faire avec Beth.

— J'ai quelque chose d'important à gérer, ça ne prendra que quelques heures.

— Et je peux venir ? demande-t-elle sérieusement.

Je détourne les yeux, incapable de refuser en la regardant dans les yeux, et je découvre que Tray et Polly écoutent notre échange avec attention, Lilia à présent sur mon canapé. *Foutue intimité*. Je leur jette un regard mauvais et je m'éloigne d'eux avec Beth pour pouvoir lui parler en privé. Je suis mal de la voir en détresse, mais je ne peux vraiment pas l'emmener là-bas, je ne veux pas lui faire de faux espoirs si Bishop ne trouve rien.

— Malheureusement non, mais je te promets que je t'en parle vite et que je serai de retour ce soir.

Elle croise les bras contre sa poitrine, et je tente de n'observer que son visage. Aussi désirable soit son corps, je ne peux pas ignorer sa détresse apparente.

— Et je peux rester ici malgré tout ? demande-t-elle en détournant les yeux.

Je soupire avant de l'attirer à moi pour serrer son corps contre le mien.

— Je te l'ai dit, tu peux rester ici autant que tu le souhaites. Il n'est pas question de te faire rentrer chez toi.

Elle reste contre moi comme si elle avait peur de me lâcher.

— Laisse-moi venir. Tu sais que je ne suis pas du genre à quémander, mais je ne veux pas rester seule avec mes pensées.

Beth recule de quelques pas en détournant les yeux, l'air perdu et plus vulnérable que jamais. Je me passe la main dans les cheveux et je détourne le regard pour ne plus croiser le sien. J'ai l'impression que je n'arrive pas à lui résister parce que ça me tue de la voir comme ça. Quand je croise à nouveau son regard, j'y vois une détresse qui finit de m'achever. *Je préfère la voir me détester que de la voir sombrer.*

— Fais chier. OK. Tu peux venir. Mais tu resteras dans la voiture.

Beth m'adresse un sourire soulagé et reconnaissant, et je soupire quand elle se dirige vers la salle de bains. Je rejoins mes deux amis, dépité de ne pas savoir dire non à Beth. Je trouve Tray en train de rire en même temps que sa fille joue sur ses genoux, l'air complètement gaga de sa progéniture.

— Tu peux te moquer de ma poire parce que je suis mordu, mais tu t'es pas vu, dit-il en continuant de jouer avec Lilia.

Je lève les yeux au ciel devant son vocabulaire sans insultes à cause de la présence de sa fille et je me sors du pain et de la pâte à tartiner en sentant le regard perçant de Polly sur moi.

— T'es amoureux d'elle, Smith ? demande-t-elle de but en blanc.

— Oui, tonton m'a dit hier que c'était son amoureuse, intervient Lilia.

Je me prends la tête entre les mains, consterné. Avec l'expérience, je devrais pourtant savoir que Lilia répète tout, tout le temps. Mais c'est aussi ce qui la rend amusante… Je relève ensuite la tête vers Polly qui l'observe avec exaspération. Je n'ai pas de sœur, mais Polly est ce qui s'en rapproche le plus, notamment de par sa curiosité implacable pour ma vie.

— Peut-être bien, avoué-je.

Tray part dans un grand éclat de rire et je lui balance une boule de Sopalin en pleine tête sous les rires de sa fille.

— Putain t'es mordu ! Je le savais ! se marre-t-il.

— Tray ! Gros mot ! le réprimande Polly.

— Merde. Euh non. Pardon. Je voulais pas dire ça, se mélange-t-il sous mon regard moqueur.

Sa femme lui file une tape sur la tête et il prend son air penaud. *Bien fait.* Sa fille se met à sourire avec malice, et nous savons tous qu'elle va faire quelque chose d'interdit.

— Putain ! répète-t-elle en sachant parfaitement qu'elle n'en a pas le droit.

— Bravo. Je te laisse disputer ta fille maintenant, s'exaspère Polly.

Il soupire puis place Lilia sur ses genoux en la fixant de son air sérieux de papa qui me fait toujours autant rire.

— Toi c'est par là que ça se passe, me dit ensuite Polly en désignant les chaises de bar.

Je me retourne vers Polly qui me regarde avec le plus grand sérieux du monde, je sais déjà que je vais avoir droit à un interrogatoire.

— Donc t'es amoureux d'elle. Alors pourquoi elle a l'air si déprimée ?

Je soupire en tartinant mon pain, c'était évident qu'elle le remarquerait. Polly voit toujours quand ça ne va pas chez quelqu'un, c'est une qualité, mais aussi un défaut. Parfois, on n'a pas envie d'en parler.

— Elle a perdu la personne qui l'a élevée il y a quelques jours, expliqué-je.

— Oh crotte.

Je ne sais pas si elle se rend compte à quel point elle a l'air peu sérieuse en transformant tous ses gros mots, mais je ne relève pas, simplement soucieux pour Beth. Mon seul espoir de la voir retrouver un peu de sa joie de vivre réside dans le fait de retrouver sa sœur. Et j'ai peur de ne pas y arriver.

— Je connais cette tête, Smith. Qu'est-ce que t'as prévu de faire ?

Je jette un coup d'œil vers la porte de ma chambre où Beth a disparu un peu plus tôt pour être sûr qu'elle ne revienne pas au moment où j'expose les choses à mon amie.

— Elle a eu un problème il y a une dizaine d'années et elle a été séparée de sa sœur. À ses yeux elle est seule… Et c'est l'une des choses qui la touche. Alors je me suis dit que je pouvais essayer de retrouver sa sœur.

— Mais elle t'a *toi*. Je vois bien comment tu la regardes. Et même si je sais que je pourrais pas te faire changer d'avis, je peux au moins te dire ce que je pense. Ne fais pas ça dans son dos, parle-lui-en. Ne prends pas le risque de la perdre pour un manque de communication.

Elle a raison. Comme toujours. Je sais parfaitement que je devrais lui en parler, mais j'ai peur qu'elle arrête mes recherches et le regrette ensuite. Pourtant il faut que je prenne mon courage à deux mains et que l'on discute. Je ne prends pas la peine de croquer dans ma tartine, j'abandonne mon amie pour rejoindre ma chambre. Je suis surpris de découvrir Beth sur mon lit, ses doigts jouant avec un médaillon doré. Je m'approche d'elle à pas de loup jusqu'à m'asseoir à ses côtés et encercler ses épaules de mes bras. *C'est le moment ou jamais.*

— Je dois te dire un truc, dis-je sans détour.

J'hésite un instant, son regard posé sur moi, et je me décide à me lancer une bonne fois pour toutes.

— Avant de commencer, promets-moi de ne pas m'interrompre.

— OK, accepte-t-elle, méfiante.

— Un détective est à la recherche d'Imane. Je devrais avoir de ses nouvelles aujourd'hui, et il était prévu que j'aille la voir cet après-midi pour qu'elle me donne les résultats de ses recherches, expliqué-je en fixant le mur. Tu penses ne plus avoir de famille, mais tu en as une qui t'attend. Alors peut-être que tu vas m'en vouloir de faire ça, mais c'est ce qui me semble juste.

J'ose enfin poser les yeux sur elle alors que je sens son corps se figer. Ses yeux sont brillants, mais ce n'est pas de larmes, c'est de colère. Elle s'éloigne précipitamment de moi, et je soupire, sachant pertinemment que je m'exposais à cette réaction en agissant ainsi.

— Tu allais le faire dans mon dos ?!

Je prends un air coupable et je hoche la tête. Elle paraît perplexe.

— Mais… pourquoi ? demande-t-elle le plus sérieusement du monde.

— Je voulais être sûr des choses avant que tu t'énerves.

Je fixe mes mains, carrément gêné. Beth passe une main sous mon menton et me relève la tête pour m'obliger à la regarder, et je fronce les sourcils en rencontrant son regard calme. *Qu'est-ce que j'ai raté ?*

— Tu n'es qu'un crétin, Smith.

Je grimace, n'appréciant que peu l'insulte.

— Ce qui m'énerve, c'est que tu te permettes de faire ça dans mon dos. Tu m'aurais demandé, j'aurais accepté de simplement savoir ce qu'est devenue sa vie. Je maintiens que je ne veux pas en faire partie, mais je peux au moins savoir ce qu'elle est devenue. Je veux voir si elle est heureuse.

Je hoche silencieusement la tête, puis je laisse Beth finir de s'habiller pour passer un coup de fil auprès de Bishop, afin de m'assurer qu'elle avance dans les recherches que je lui ai demandées. Je ne sais pas ce qu'on trouvera en cherchant Imane, mais j'espère découvrir une enfant rayonnante qui permettra à Beth de comprendre qu'elle n'a pas gâché la vie de sa sœur.

Chapitre 23

Je fais un signe de la main à mes amis tandis que je les observe monter en voiture puis s'éloigner, heureux d'avoir pu passer un moment avec eux. Je connais Tray et Polly depuis le collège et je les ai vus se quitter et se rabibocher un nombre incalculable de fois, mais même malgré ça on a toujours été proches. Je referme la porte en soupirant, sachant pertinemment que leur départ signifie le retour à la réalité pour Beth et moi.

Je rejoins la pièce à vivre pour donner à manger à Nala, celle-ci épuisée par la présence de Lilia, puis je rejoins ma chambre où Beth se trouve, enfin habillée. Elle se dandine d'un pied sur l'autre au milieu de la grande pièce et me fixe avec un air un peu gêné.

— Est-ce que tu penses qu'on peut passer chez moi ? demande Beth en détournant les yeux.

Je l'observe avec attention, pas sûr de comprendre ce qui la gêne dans sa question.

— Bien sûr. Pour quoi faire ?

— Je… Vu que je reste chez toi ce soir, je me demandais si je pouvais juste apporter de quoi me changer.

Je hausse un sourcil, me retenant de me moquer en la voyant si gênée. Si ce qui lui pose problème, c'est de ramener des affaires chez moi, alors je pense qu'elle n'a pas compris que je préfère ça à la voir porter mes vêtements qui lui donnent un air bien trop attirant.

— Même si te laisser te balader à poil quand on est seul ne me dérangerait pas, je vais t'y emmener, alors détends-toi.

Elle réfléchit beaucoup trop.

— Je ne voudrais pas t'envahir de trop. Je veux pas rester seule, encore moins chez moi, mais je pourrais comprendre que tu veuilles récupérer une certaine intimité.

— Pourquoi je voudrais ça ? J'ai un super plan 24 heures sur 24, je serais bête de m'en priver.

Je lui adresse un sourire mutin alors qu'elle lâche un léger rire, le visage rougi. *Beth qui rougit ? Je n'aurais jamais cru voir ça un jour.*

— On y va ? la questionné-je.

Je lui fais un signe de tête vers la sortie, et Beth ne tarde pas à rejoindre la voiture. Je prends la route de sa maison, le chemin se déroulant dans un silence pesant, et je me gare devant l'entrée avant de me tourner vers Beth pour la fixer. Son visage est soucieux, son regard perdu dans le vide. Il ne faut pas être devin pour savoir ce qui la tracasse.

— Tu veux que je descende avec toi ? proposé-je.

— Oui, si tu veux.

Je descends de la voiture en même temps qu'elle et je la suis jusqu'à l'intérieur de la maison. Elle se la joue détachée avec son « si tu veux », mais je sais pertinemment que derrière ça, elle espère ne pas avoir à affronter ça seule, et je le comprends. Tout est sombre, l'ambiance de la maison me met mal à l'aise avec tous ces volets fermés, d'autant plus en sachant que quelqu'un y est décédé. Je reprends ma marche et je rejoins Beth dans sa chambre où elle remplit déjà un petit sac en tissu sans prendre le temps de plier ses affaires.

— Oublie pas tes affaires de toilette aussi, lui rappelé-je.

Elle hoche doucement la tête, l'air absent. Habituellement elle m'aurait sorti une remarque bien sentie, mais pas là. Elle n'est plus que l'ombre d'elle-même, et je n'espère qu'une chose, qu'elle va finir par se retrouver. Pendant qu'elle prépare ses affaires, j'observe sa chambre avec un air songeur, curieux de prendre le temps de découvrir là où elle a grandi. *C'est loin de ce que je m'imaginais*. J'aurai pensé qu'elle était du genre à avoir une chambre bien remplie, une penderie énorme et une coiffeuse pleine de maquillage, mais aujourd'hui, maintenant que je la connais plus intimement, ces murs blancs simplement ornés d'une carte du monde lui ressemblent assez bien.

Mon regard se pose sur une photo d'elle et sa grand-mère coincée dans le coin de son miroir et je la regarde avec attention. Beth a l'air d'avoir quelques années de moins et sourit à sa grand-mère avec amour, et elles semblent loin de tous les problèmes que peut apporter la vie. Dans un sens, je les envie. Quand j'ai perdu ma mère, ma famille a disparu avec elle. Elle était la seule à vraiment se soucier de moi, et ça fait bien longtemps que j'ai abandonné l'idée d'avoir une famille soudée, privilégiant mes amis qui, eux, ne sont pas centrés sur eux-mêmes. Je sens Beth à mes côtés, observant elle aussi cette photo, et je me tourne vers elle pour la découvrir songeuse.

— C'était pour mes dix-huit ans, explique-t-elle.

Elle décroche la photo sans attendre pour la glisser dans son sac, et quand elle balaie la salle du regard, elle a l'air sincèrement triste.

— Je pense vendre la maison, souffle-t-elle.

— T'es sûre de toi ? m'étonné-je.

— Oui. Je pourrais réussir à racheter le crédit hypothécaire, mais je ne me vois pas rester ici. Je la confierai à une agence d'ici peu.

— Comme tu veux. Si tu as besoin, je suis là.

Je lui souris tendrement, pensant sincèrement à ce que je dis. Beth nous fait descendre et je la laisse récupérer ce qu'elle veut au rez-de-chaussée puis je lui prends la main et je la tire jusqu'à l'extérieur de la maison pour qu'elle me rejoigne dans mon 4x4. Elle jette son sac à l'arrière et attache sa ceinture, prête à partir, ne jetant pas un seul regard derrière elle.

Je me tourne complètement vers Beth, prêt à lui parler du coup de fil que j'ai reçu peu avant son départ, et son regard croise le mien.

— J'ai reçu un coup de fil de Bishop. Elle a déjà toutes les infos concernant ta sœur.

Sa respiration se coupe alors que ses yeux s'écarquillent, et je la regarde, ne sachant pas ce qu'elle pense.

— Est-ce qu'elle va bien ? finit-elle par demander dans un souffle.

— Ce n'est qu'en y allant qu'on le saura. Alors, tu te sens prête ?

Contre toute attente, elle hoche vivement la tête, et je démarre en enclenchant la marche arrière, mais au moment où je m'apprête à démarrer, mon regard se pose sur la main de Beth, mais surtout sur ce bijou auquel je n'avais pas fait attention. Je replace le pied sur le frein et j'attrape la main de Beth, sourcils froncés.

— C'est quoi ça ? demandé-je.

— Un porte-bonheur. Je voulais l'emmener avec moi, se justifie-t-elle sans oser me regarder.

Je fronce les sourcils en continuant à fixer la bague que je lui ai offerte au début de notre arrangement avant de détourner les yeux sur la chaussée et de prendre la route vers le bureau de Bishop. Je suis troublé par le fait qu'elle la porte, et pire, par le fait que je suis heureux de la voir avec. Je sais que je lui ai laissé pour qu'elle en fasse ce qu'elle veut, mais le fait qu'elle le voit comme un porte-bonheur compte beaucoup pour moi, parce que ça veut au moins dire qu'elle tient à tout ça. Je ne parle plus jusqu'à la fin du trajet et Beth en fait autant même si je ne peux pas m'empêcher de jeter des coups d'œil à la bague.

***

Assis face au grand bureau de Bishop, j'observe le dossier qu'elle a composé en même temps que Beth garde son regard fixé sur des photos. Aujourd'hui, Imane a onze ans. Elle vit dans la même famille d'accueil depuis le tout début, avec un autre garçon de son âge, et de ce que montrent les photos, elle semble heureuse. Elle a les mêmes cheveux bouclés que Beth, même si ses traits sont plus enfantins et son regard complètement différent. Elle semble être une enfant épanouie et c'est bien ça qui tire un sourire ravi à Beth.

— Regarde !

Elle me tend une photo prise par Bishop, et je hausse les sourcils en ne comprenant pas ce qu'elle veut me montrer.

— Elle fait de la danse aussi ! explique-t-elle.

— Parce que tu as fait de la danse ? m'étonné-je.

Beth me renvoie un regard blasé alors que je la fixe, perplexe.

— La pole dance, Smith. C'est de la danse.

Je lève les yeux au ciel, peu convaincu. Strip-tease, pole dance… pour moi, c'est la même chose. Mais si ça lui fait plaisir de considérer ça comme de la danse, alors c'en est. J'attrape la dernière feuille du dossier pour découvrir la liste des adresses où Imane se rend, et Beth me la prend des mains pour la lire avec attention. Elle a beau dire qu'elle veut rester loin de sa sœur, je n'en crois pas un mot.

— Tout vous convient ? demande Bishop.

— Oui. Comment avez-vous fait pour trouver tout ça si vite ?

— Les gens sont un peu trop bavards. Contrairement à votre amie ici présente, le casier de cette enfant n'est pas scellé. La trouver est un jeu d'enfant.

Je hoche la tête, satisfait du résultat, puis je me tourne vers Beth qui observe les photos sans s'en lasser.

— Je peux les garder ? demande Beth.

— Bien sûr. Ce dossier vous appartient, vous m'avez payée pour ces services.

Et je n'ai pas payé le prix le plus bas, mais peu importe si Beth en est satisfaite. Je me relève après avoir regroupé tous les papiers et confié le dossier à Beth, et je salue la détective de mon cousin en rejoignant l'extérieur. Beth s'adosse à ma voiture, continuant de feuilleter ces feuilles qu'elle a déjà lues au moins deux fois.

— Est-ce que tu veux aller la voir ?

Beth relève vivement la tête vers moi, l'air hésitant. Elle en meurt d'envie, je le sais, je le vois. Mais elle, le sait-elle ? Je ne pense pas.

— Je ne sais pas… Je voudrais juste… l'apercevoir. Tu crois que c'est possible ? Je ne veux pas faire partie de sa vie, mais je pourrais au moins… même si je ne m'en approche pas…

Elle détourne les yeux, gênée, mais je me rapproche d'elle pour lui relever le menton.

— Si tu veux aller voir ta sœur, je t'y emmène. Fais ton choix, et je te suis.

Les lèvres de Beth s'étirent en un sourire que je n'aurais pas cru possible de voir la veille, et je viens déposer mes lèvres sur les siennes alors que ses mains se posent sur mon torse. Elle sent très sûrement mon cœur battre sous ses doigts, et même si elle ne le sait pas encore, je crois qu'il commence à battre pour elle.

Chapitre 24

Arrivée à Glasgow, je rentre l'adresse de l'école d'Imane dans le GPS sous le regard insistant de Beth, et nous prenons la direction du centre. Je me gare pas loin de l'entrée, puis je me tourne vers Beth dont le regard reste fixé sur le grand portail rouge.

— Selon l'emploi du temps auquel Bishop a eu accès, ta sœur devrait finir les cours d'une minute à l'autre. Tu te sens prête ?

Beth ferme un instant les yeux, respirant bruyamment, puis sa main vient chercher la mienne pour la serrer au moment où ses paupières se soulèvent enfin. Elle semble au summum du stress, et je ne peux que le comprendre.

— J'ai peur, mais j'ai bien trop envie de la voir, souffle-t-elle.

— Est-ce que tu veux qu'on descende de la voiture ? Tu la verras peut-être mieux de la rue.

— OK.

Elle respire profondément et sort de la voiture sans attendre. Elle attrape la main que je lui tends et je l'emmène à quelques pas de la voiture, en face de l'école où est censée étudier Imane. Son regard reste fixé sur la porte tandis que je surveille ma montre en attendant l'heure fatidique. Quand les premiers ados sortent par la porte, le visage de Beth s'affole et elle cherche partout parmi eux. Je reconnais facilement la gamine de la photo et le visage de Beth s'illumine en observant sa sœur avec ses amis, sa main serrant la mienne avec force.

— Elle a tellement grandi. Regarde ça ! Elle est devenue si belle, s'extasie-t-elle.

— Elle te ressemble.

Beth me sourit sincèrement, et mon cœur s'emballe de la voir peu à peu retrouver sa joie de vivre. Je suis heureux de voir sa peine mise au second plan l'espace de quelques minutes. Je la fixe avec admiration, complètement amoureux. Mais quand je vois son visage se teinter de panique, je relève immédiatement la tête pour comprendre pourquoi. Imane la fixe avec un regard insistant, les sourcils froncés et Beth serre ma main de toutes ses forces.

— On devrait y aller, s'affole-t-elle.

Je ne la contredis pas et je la laisse m'emmener à la voiture, mais c'est trop tard.

— Non ! Attends !

Beth ne s'arrête pas au son de la voix de sa sœur, au contraire elle accélère le pas alors que je me tourne vers l'adolescente qui s'est mis en tête de nous suivre.

— Beth ! Arrête-toi !

Ma copine se fige d'un coup, ses yeux sont grand ouverts, et je suis autant surpris qu'elle. Je pensais qu'Imane ne se souviendrait de rien. Après tout, elle était très jeune, mais je me trompais. Beth se retourne lentement vers elle, le visage tendu, et ses doigts fermement attachés aux miens.

— Oui ?

— Je le savais. Tu es la fille des photos.

Sans que je ne comprenne ce qu'il se passe, l'adolescente s'approche de Beth pour la prendre dans ses bras, et Beth reste figée l'espace d'un instant, sous le choc, avant de lui rendre son étreinte, les yeux brillants. Les voir toutes les deux réunies a quelque chose de touchant. J'ai l'impression de l'avoir aidée à retrouver une partie d'elle qui lui manquait, quelque chose qu'elle avait perdu. Imane finit par se reculer, détaillant Beth avec une curiosité non dissimulée.

— Ma famille d'accueil m'a laissé des tonnes de photos de nous. Je ne me souviens pas de tout, mais de ton visage, si. Pourquoi tu n'es jamais venue ? L'assistante sociale a dit que tu pouvais me contacter, demande Imane, le visage triste.

— Je… je ne savais pas si tu voudrais me voir, se justifie Beth.

Imane paraît surprise et je me demande si elle sait réellement ce qu'il s'est passé cette nuit-là, si Beth n'est pas la seule des deux à se souvenir de la mort de leurs parents. Mais mes doutes sont vite évincés par la réponse de sa sœur.

— C'est à cause du meurtre, c'est ça ?

Beth hoche vivement la tête, visiblement incapable de parler, et je passe un bras autour de sa taille pour lui signifier que je suis là. Elle se laisse aller contre moi alors que je sais en croisant son regard qu'elle se retient de pleurer.

— Tu t'en souviens ? s'inquiète Beth.

— Pas de tout, non. Ça me revient parfois par morceaux quand je fais des cauchemars. Mais ma psychologue m'a dit qu'avec le temps, ça allait s'atténuer. Tu t'en veux de m'avoir sauvée ? demande Imane, l'air paniqué.

— Non. Elle s'en veut d'avoir dû tuer quelqu'un pour ça, interviens-je.

L'adolescente semble enfin prendre pleinement conscience de ma présence en entendant mes mots, et

Beth me remercie d'avoir répondu d'un signe de tête. Imane se tourne ensuite à nouveau vers sa sœur, son visage enfantin bien trop sérieux pour son âge.

— Au début, j'étais terrorisée en me souvenant de toi avec un couteau, mais aujourd'hui je sais que si tu ne l'avais pas fait, je ne serais plus là. Et puis… je me dis que tu as vengé maman, même si ce n'est pas de la meilleure façon qui soit.

Beth fixe sa sœur avec étonnement et je sais que cette discussion ne lui sera que bénéfique, je ne regrette pas une seule seconde d'être venu. Beth a besoin d'entendre ces mots, de savoir que son geste n'était que de la légitime défense, et que même si cet acte la hantera toute sa vie, elle doit arrêter d'être rongée par la culpabilité, parce que ce n'était qu'un accident.

— Tu le penses vraiment ? murmure Beth.

— Oui. Et si j'avais été à ta place, j'aurais fait la même chose.

— Tu n'étais qu'un bébé ! Ne dis pas ce genre de chose !

Sa sœur lâche un rire et je retrouve facilement les traits de Beth dans les siens. Leur ressemblance est flagrante.

— Dan me dit tous les jours que je suis un bébé, tu ne risques pas de m'apprendre un truc !

— Dan ? demande Beth.

— C'est le mari de Nelly, dans ma famille d'accueil, répond Imane en souriant.

— Et ils sont gentils ? s'intéresse Beth.

— Très. Je suis chez eux presque depuis le début, et il y a un autre ado, Noah, explique-t-elle sans savoir que Beth le sait déjà. On s'entend bien et on est dans la même école. D'ailleurs, je rentre avec lui ce soir, il ne devrait pas tarder à sortir. Et toi ? Tu as grandi où ? Tu es allée en famille d'accueil aussi ?

Beth tourne la tête vers moi et nos yeux s'accrochent instantanément. Je dépose mes lèvres sur son front sous le regard amusé d'Imane avant que Beth ne lui réponde. Je sais qu'elle avait peur de voir sa sœur, mais à présent, elle semble en être soulagée.

— À Édimbourg, avec Mamita, dit Beth tristement.

— Notre grand-mère ? Je ne m'en souviens pas vraiment… Mais tu crois que je pourrais la voir si Dan et Nelly sont d'accord ?

Beth ouvre la bouche et la referme, ne sachant pas quoi dire. Imane semble excitée à l'idée de revoir sa famille, et je comprends que Beth ne sache pas comment lui annoncer les choses…

— Je suis désolée, Imane… Elle est décédée il y a peu.

La gamine paraît détachée de la situation, quoiqu'un peu attristée, mais comment lui en vouloir ? Elle dit elle-même ne pas s'en souvenir.

— J'aurais dû le deviner… Je suis désolée pour toi. Comment tu le vis ?

— Ça va un peu mieux chaque jour. Je suis bien entourée, répond Beth.

Nouveau coup d'œil de sa part, et cette fois-ci, il a retrouvé un peu de cet éclat que j'aime tant chez elle.

— Ouais, j'ai cru voir ça, et t'as plutôt bon goût. Moi, c'est Imane, mais tu l'as sûrement compris.

Elle me tend la main en me regardant avec le même air hautain que Beth m'a réservé pendant longtemps. *Bordel, elles n'ont pas grandi ensemble, mais ce sont des copies conformes.*

— Je sais qui tu es. Je suis Smith White.

— T'es sérieux ? Comme les entreprises White ?

Elle ouvre grand les yeux et je les lève au ciel, habitué à ce genre de réaction. Mon nom fait de l'effet, même si je ne veux rien avoir à faire de près ou de loin avec ces entreprises.

— Ouais, c'est ça.

— Waouh.

Elle se tourne vers sa sœur avec une expression espiègle sur le visage.

— Il a pas un petit frère ?

— Non. Mais il a un chiot, si tu veux.

— Tu dors avec un milliardaire, donc…

— Je ne suis pas milliardaire, la contredis-je.

Imane hausse les épaules comme si cette information n'avait pas d'importance, puis elle sourit à sa sœur après avoir avisé l'entrée de l'école où un garçon l'attend en la fixant.

— Plus sérieusement Beth, je suis contente de te voir. Mais je vais devoir partir… Tu penses qu'on pourra se revoir ?

— Oui. Bien sûr. Enfin, avec plaisir. Quand tu veux.

— Génial ! Je suis libre mercredi après-midi. Voilà mon numéro, dit-elle en griffonnant sur une feuille à carreaux prise dans son sac. Envoie-moi un message, et je te dirai si Dan et Nelly sont d'accord. Vous pourrez venir me chercher ?

Beth me fixe d'un air interrogateur et je soupire, incapable de lui refuser quoi que ce soit.

— Bien sûr. T'as de la chance qu'on finisse la fac tôt.

— Génial ! Merci ! Je te donne mon numéro et je file.

Elle claque un bisou sur la joue de Beth, puis elle part en courant à l'autre bout de la rue pour rejoindre celui que je suppose être Noah. Quand je détourne les yeux des deux jeunes, je tombe sur Beth qui me fixe avec attention, le regard brillant. *Est-ce qu'elle sait à quel point j'aime observer son visage ?*

— Qu'est-ce qu'il y a ? demandé-je.

— Juste… merci.

Elle se met sur la pointe des pieds et m'embrasse passionnément en encerclant ma nuque, comme si nous n'étions pas en plein milieu de la rue. Et c'est à ce simple contact que je prends conscience d'une chose : Beth a le pouvoir de me briser le cœur, parce qu'il est tout à elle.

Chapitre 25

Nous avons passé la journée de mardi à trier les affaires de la grand-mère de Beth. Normalement, nous aurions dû être de retour à la fac, mais Beth a tenu à faire ça le plus vite possible, et je ne pouvais pas la laisser faire ça seule. Elle a mis les vêtements dans des sacs pour les donner à une association pour les gens dans le besoin, et après avoir vidé les meubles, elle a décidé qu'elle allait les mettre en vente en même temps que la maison. Elle ne veut pas garder de souvenirs douloureux, et je ne peux que la comprendre. La seule chose de sa grand-mère qu'elle s'obstine à garder, c'est ce médaillon, dont je n'ai jamais vu l'intérieur.

Malgré tout, avoir vu Imane a réussi à lui redonner le sourire, même si ça n'empêche pas sa tristesse de revenir au galop. Seul le temps l'aidera à guérir. Lorsqu'elle a reçu un message de sa sœur pour lui confirmer qu'elle avait l'autorisation de sortie pour la retrouver, elle était sur un petit nuage. Elle n'a pas cessé de me répéter à quel point elle m'était reconnaissante, et je l'ai écouté déblatérer encore et encore sur Imane…

Allongé dans le lit, je paresse en observant Beth essayer le peu de vêtements qu'elle a apporté chez moi. Après une longue douche partagée, elle a décidé qu'il lui fallait mon avis pour s'habiller et je me suis bien gardé de lui dire que je la préférais nue et de loin.

— Tu crois que ça va comme ça ? demande-t-elle en boutonnant son jean, un pull rentré dedans.

— Tu porterais n'importe quel vêtement que je penserais plus à te l'enlever qu'à te demander un défilé de mode. Je ne pense pas être très objectif.

— Je prends ça pour un compliment.

Elle bouge dans tous les sens pour ranger ses affaires dans son sac à main, et je l'observe du lit, n'ayant aucune envie de bouger.

— On dirait que ta cheville va mieux.

— Oui, je ne sens plus rien. Je pense que je pourrais même reprendre la pole dance.

Je grimace en repensant à ce bar miteux où elle travaillait encore il y a quelques semaines, et encore plus à ces vieux pervers qui venaient exprès pour son show. Beth semble comprendre le fond de ma pensée car elle s'approche de moi et grimpe sur le lit jusqu'à être à califourchon sur mon bassin.

— Soyons clairs Smith, ce n'est pas parce que je partage ton lit que tu vas pouvoir me demander d'arrêter la pole dance.

— Ah, parce que tu ne fais que partager mon lit ? dis-je en caressant sa cuisse au-dessus de son jean.

Elle hausse les épaules, comme si la réponse n'avait pas d'importance, puis se relève pour rejoindre le salon après un dernier regard dans ma direction. *Elle va avoir ma peau.* Peut-être que pour elle, elle ne partage que mon lit, mais pour moi, nous partageons bien plus. Elle le comprendra le moment venu… Mais je ne veux rien brusquer alors que les seuls sentiments qui l'habitent pour le moment sont la tristesse mêlée à l'excitation de revoir sa sœur. Je sais me montrer patient.

Je me lève pour rejoindre le salon, et je suis surpris de voir Beth donner à manger à Nala, comme si elle en avait l'habitude.

— Je rêve ou tu es en train de t'attacher à ma chienne ?

Elle me jette un regard moqueur.

— Pas de ma faute si elle est craquante. Prends exemple sur elle, me taquine-t-elle.

Je secoue la tête, plus amusé qu'autre chose, et je la suis après avoir fait sortir ma chienne. Heureusement pour nous, du haut de ces quatre mois, elle a l'habitude de rester seule la journée lorsque je suis en cours, autrement je ne sais pas comment je ferais pour sortir autant. Je reprends la route que nous avons empruntée samedi sans avoir besoin de GPS, et nous arrivons en un rien de temps devant l'école d'Imane où cette dernière nous attend. Beth baisse la vitre pour lui faire un signe, et l'adolescente court vers le 4x4 avant de grimper à l'arrière.

— Salut !

Beth se retourne pour sourire à sa sœur, alors que je redémarre déjà pour nous ramener à Édimbourg.

— Contente de venir avec nous ? demande Beth, comme si elle ne savait pas quoi dire.

— Bien sûr. D'ailleurs, à qui est la voiture ? Je ne suis jamais montée dans un truc aussi gros et bien équipé.

Elle passe une main sur mes sièges en cuir, et je me retiens de rire. Je retrouve Beth dans les remarques d'Imane, et ça ne peut que m'amuser.

— Dites, je peux mettre de la musique ? nous interroge Imane, téléphone à la main.

— Vas-y, dis-je.

Beth s'apprête à allumer le Bluetooth quand sa sœur pousse un cri hystérique qui aurait pu me faire perdre le contrôle de la voiture si je n'avais pas l'habitude de conduire avec Lilia à l'arrière. Je jette tout de même un regard noir en direction de l'arrière, mais Imane ne me regarde même pas.

— Sois gentille et arrête de crier dans ma voiture, dis-je tout de même J'aimerais éviter d'avoir un accident.

— Pardon. Mais pourquoi personne m'a dit que vous êtes fiancés ? s'extasie-t-elle en fixant la bague de Beth.

Je jette un regard rapide à Beth qui semble figée, son regard posé sur sa bague, et mon sourire s'élargit un peu plus.

— On s'est fiancés il y a quelque semaine, réponds-je en continuant à sourire.

— Mais non ?! lâche Imane en souriant.

Je sens le regard de Beth peser sur moi pendant que je me retiens de me marrer en fixant la route. J'aime retrouver ça entre nous, ces taquineries, ça m'avait manqué. Encore plus son air sévère quand elle n'apprécie pas mes blagues.

— Et vous vous mariez quand ? s'intéresse l'adolescente.

— La semaine prochaine, dis-je du tac au tac.

Beth tape fermement ma cuisse et je ne me retiens plus de rire en jetant un regard à ma fausse fiancée/vraie copine.

— Vous me faites marcher, c'est ça ?

— Il te fait marcher ! Ce n'est qu'un crétin !

— Un crétin qui a de l'humour, rétorqué-je.

— Et la bague alors ? demande Imane.

— C'est juste un cadeau de sa part.

Je souris, les yeux rivés sur la route alors que j'aimerais regarder Beth dans les yeux. Un cadeau qui signifiait un engagement bidon et qu'elle ne quitte plus depuis. Alors qu'elle n'essaie pas de me faire croire que tout ceci n'est pas vrai.

— Vous êtes quand même ensemble ?

— Oui, dis-je sans hésitation.

— En quelque sorte, répond Beth en même temps.

Je lui jette un regard noir, et Beth me toise avec défi. *Génial, elle se venge de ma blague*. Imane semble perdue par notre discussion, mais je me concentre sur la route et Beth.

— Et t'appelles ça comment notre relation alors ?

— De l'amitié, répond Beth en souriant fièrement.

— Arrête de te mentir chaton. Tu passes ta vie chez moi, dans mon lit à crier mon nom, et tu portes une fausse bague de fiançailles que je t'ai offerte. Alors je ne te l'ai peut-être pas demandé officiellement, mais t'es bien ma copine.

— Mais ne dis pas ça devant une adolescente ! s'offusque Beth.

Je me retiens de lever les yeux au ciel face à son changement de sujet.

— Pas besoin de m'utiliser pour fuir une dispute, se moque Imane à l'arrière.

Beth ne dit plus rien, comme si nous n'avions pas déjà eu cette discussion pour savoir où nous en étions, elle et moi. La suite de la route se fait dans le silence pour ma part. Beth discute avec sa sœur, mais pas une seule fois elle ne m'adresse la parole. Une chose est sûre, une fois chez moi, nous aurons une discussion.

Chapitre 26

Les filles descendent de la voiture aussitôt celle-ci immobilisée, et alors qu'Imane s'extasie devant la façade de ma maison, je retiens Beth par le bras. Je ne suis pas le pro des relations, mais je ne fuis pas devant un problème. Et actuellement, nous en avons un.

— Toi et moi, on doit discuter.

— Je sais.

Elle fixe sa sœur au loin, avant de se tourner vers moi, le visage fermé et le regard sérieux. J'ai comme l'impression de la retrouver comme avant toute cette comédie et je déteste ça.

— Tu crois vraiment qu'on n'est pas ensemble ? demandé-je de but en blanc.

— Je ne sais pas.

— Tu ne sais pas ? Tu plaisantes, j'espère ! Tu crois que si je reste avec toi, que je couche avec toi, c'est parce qu'on est amis ? Je t'ai dit que j'étais en train d'avoir des sentiments pour toi, Beth. Mais tu sais quoi ? Je *suis* amoureux de toi. Alors ouais, merde, on est ensemble pour moi.

Je m'ouvre à elle, complètement. De toute façon, qu'est-ce que je pourrais faire d'autre ? Je suis déjà mordu, c'est trop tard. Beth ouvre et referme la bouche, l'air perdu, avant de détourner les yeux. *Pitié qu'elle ne me repousse pas.*

— OK, lâche-t-elle dans un souffle.

— OK ? C'est tout ce que t'as à dire ?

Qui répond « OK » à une déclaration ? Qu'est-ce que c'est censé vouloir dire ? Qu'elle se moque de savoir tout ça ? Que ça n'a pas d'importance ? Bon sang, je regrette le moment où mon seul problème était de n'avoir personne à aimer, au moins c'était plus simple. Quand personne ne s'approche de votre cœur, aucun risque que celui-ci finisse brisé.

— Je ne sais juste pas quoi te dire d'autre, poursuit-elle.

— Et c'est censé vouloir dire quoi ? Que toi et moi, c'est fini ?

Je vais finir le cœur brisé. J'aurais dû le savoir, je n'ai jamais de chance en amour, et voilà que la seule femme qui me plait depuis une éternité ne veut peut-être pas partager de relation avec moi. Le visage de Beth se déforme peu à peu pour faire place à une grimace, que j'arbore sûrement moi aussi à la simple idée que tout soit fini entre nous.

— Je n'ai pas dit ça, Smith ! Je n'ai rien à dire parce que ça ne sert à rien que je me voile la face. Je t'aime, et on est bien ensemble, même si je dis le contraire. Je ne suis juste pas de celles qui s'emmerdent à faire de longues déclarations.

— T'as dit quoi ?

Ma mâchoire manque de se décrocher alors que je suis presque sûre d'avoir entendu un « je t'aime ». Je dévisage Beth, le cœur battant à tout rompre. Elle accepte ce qu'il y a entre nous et bon sang, je crois ne pas m'être senti aussi heureux depuis longtemps.

— Comment ça *j'ai dit quoi* ? répète Beth en détournant les yeux.

— Tu viens de dire que tu m'aimes.

Elle secoue vivement la tête alors que je souris comme un con. *Je suis sûre de moi, elle l'a dit.*

— Tu te fais des films.

— Non. Je suis sûr de l'avoir entendu. Tu as dit « je t'aime ».

— Arrête ton délire. Imane nous attend, grommelle Beth.

Je la suis jusqu'à la porte où Imane nous attend, mon sourire ne me quittant plus. Bon sang, elle m'a dit je t'aime ! Involontairement, certes, mais elle l'a dit ! *Je ne vais jamais le réaliser jusqu'à ce qu'elle me le redise.*

— Comment ta famille d'accueil a réagi quand tu as dit ce que tu allais faire ? demande Beth alors que je déverrouille la porte.

— Nelly était un peu réticente, mais elle sait très bien que c'est important pour moi.

Beth lui sourit puis rougit lorsqu'elle croise mon regard et elle laisse entrer sa sœur chez moi en se détournant. *Vas-y, Beth, fuit pour le moment…*

— Bordel c'est giga grand ! Et tu dis que t'es pas milliardaire ? Tu as toutes les consoles qui existent ?

— Je ne joue pas à la console.

— Alors tu fais quoi de ton temps libre ? s'étonne l'adolescente.

Je jette un regard explicite à Beth qui me renvoie un regard noir.

— Ne t'avise pas de faire ça.

Je lève les mains en l'air en signe de paix, et Imane avance dans la pièce jusqu'à s'arrêter lorsque Nala nous fonce dessus. *Jamais bien loin.* Je souris en voyant ma chienne se précipiter sur Beth, puis aller voir Imane, comme si je n'existais pas. L'adolescente semble ravie, s'accroupissant pour caresser mon Cane Corso.

— T'as même un chien ! Tu as un yacht aussi ?

— Imane, tes questions deviennent gênantes… lâche Beth.

— T'inquiète pas, j'ai l'habitude. J'en connais une autre qui m'insultait sur mon argent, dis-je en jetant un regard courroucé à Beth. Je vous laisse vous installer dans le salon et discuter, je vais sortir Nala. Beth, tu sais où sont les choses, je vous laisse vous mettre à l'aise.

J'appuie mes propos en emmenant mon chiot à la baie vitrée, et je sors prendre l'air avec elle et son nœud pour lui lancer. Elle court dans tous les sens, heureuse que je lui accorde un peu d'attention, et j'observe les deux sœurs discuter sur mon canapé. Imane rit beaucoup, l'air joyeux, et Beth en fait de même. J'observe ma copine sourire, ravi de la voir retrouver peu à peu des sentiments positifs, et je ne me détourne que lorsque Nala vient déposer son nœud devant moi.

Je lui lance encore à de nombreuses reprises jusqu'à ce qu'elle soit fatiguée, et nous rejoignons l'intérieur où je suis surpris de trouver le ton haussé. *Qu'est-ce qu'il se passe encore ?*

— Mais arrête de ne parler que de ça, Beth ! J'en ai marre d'entendre parler de ça ! Je me fous royalement de qui a fait quoi à l'époque ! Je veux te connaître parce que je veux connaître ma famille. Ne gâche pas tout avec des remords mal placés. Et crois-moi, j'en connais un rayon à ce niveau-là.

Je reste figée face au discours trop mature pour une enfant de cet âge-là, et j'observe le visage décomposé de Beth là d'où je suis. La vérité est dure à entendre, mais Imane a raison.

— Tu crois que je ne vois pas ton problème ? Que je ne le comprends pas parce que je suis trop jeune ? Tu repousses ton mec uniquement parce que t'a peur de lui faire du mal comme à notre père. Mais tu veux un scoop, Beth ? Il est mort pour ses actes ! Alors arrête de t'en prendre à tout le monde pour te soulager, ça te mènera à rien, crois en quelqu'un qui a fait pareil. J'ai accepté mon sort, j'ai accepté ce qu'il s'est passé, alors fait pareil au lieu de gâcher ta vie. S'il te plaît, arrête de parler de leur mort, parce que je ne suis pas là pour ça.

Beth est figée et son regard reste désespérément fixé sur sa sœur. Les paroles d'Imane sont dures, mais ce sont celles que je n'ai pas été capable de dire. Beth a besoin d'entendre ces choses-là. Elle a besoin de cet électrochoc qui lui fera prendre conscience des choses. C'est vital, même si c'est difficile. Je ne pensais pas que sa sœur était si blessée intérieurement, tout comme je ne l'avais pas vu au premier abord pour Beth. Les deux sœurs ont visiblement leur lot de casseroles à trimballer, et j'en suis sincèrement désolé.

Beth ne pleure pas, elle n'a plus pleuré depuis hier, à croire qu'elle a vidé toutes les larmes de son corps.

Elle reprend des couleurs peu à peu et alors que je m'attends à la voir répondre à sa sœur, elle se lève et s'avance vers moi avant de déposer ses lèvres sur les miennes. *Qu'est-ce que… ?*

— C'était pour quoi, ça ? demandé-je près de ses lèvres.

— Pour m'excuser. Elle a raison. Je t'en fais baver depuis le début, alors qu'en réalité j'ai juste peur.

Elle redépose ses lèvres sur les miennes en caressant ma nuque, son corps collé au mien, se moquant visiblement de sa sœur derrière nous.

— Je te dirais bien que tes excuses sont acceptées, mais j'aimerais savoir jusqu'où t'es prête à aller pour te faire pardonner… soufflé-je.

Elle se recule en souriant et me tape sur l'épaule, un air faussement outré sur le visage.

— Si vous avez fini avec vos sous-entendus glauques, est-ce que quelqu'un peut me faire visiter ? J'aimerais bien voir jusqu'où va le cliché du mec riche.

J'éclate de rire puis je laisse Beth faire visiter seule la maison – après tout elle commence à bien la connaître à présent – afin d'en profiter pour me poser dans le canapé, un énorme sourire aux lèvres. Tout n'est pas encore parfait, mais j'ai comme l'impression que tout ceci est le début d'une vraie relation entre Beth et moi.

Chapitre 27

J'ai eu l'impression de me retrouver face à des copies conformes. Beth et Imane ont toutes les deux un caractère fort, et j'ai eu peur qu'elles se prennent encore une fois la tête après le moment que j'ai surpris. Mais il n'en fut rien. Après qu'Imane a dit tout ce qu'elle avait sur le cœur, le sujet de leur parent n'a plus été abordé, et elles ont passé l'après-midi à discuter de ces huit années durant lesquelles elles ont été séparées jusqu'à ce que l'on ramène Imane. Beth voulait savoir tout ce qu'elle avait raté dans la vie de sa sœur, et sa sœur était curieuse au sujet de ce qu'elle était devenue. Et de notre relation aussi.

Beth a répondu à chacune des questions avec honnêteté, l'air sincèrement heureuse, et je les ai laissées profiter l'une de l'autre jusqu'à la dernière minute. Beth a promis à Imane de revenir la voir la semaine suivante, et je sais d'avance que même si leur relation n'est pas des plus classiques et qu'elles auront besoin de temps pour vraiment apprendre à se connaître, elles sauront se retrouver.

Je débarrasse notre vaisselle alors que Beth me regarde, l'air ailleurs, tout en jouant avec ses boucles, et j'attends le moment parfait pour lui exposer le programme de la journée.

— À quoi tu penses ? dis-je en remplissant le lave-vaisselle.

Elle cligne plusieurs fois des paupières, avant de m'adresser un sourire triste.

— À ma grand-mère. Elle aurait été heureuse que je revoie Imane, que je prenne enfin ma vie en main… J'aurais aimé qu'elle soit là. Je suis sûre qu'elle t'aurait aussi apprécié.

Je contourne la table pour me placer face à elle, et je me cale entre ses jambes alors que nos regards s'accrochent, comme aimantés.

— Qui ne m'aime pas ? dis-je, tirant un rire à Beth. Plus sérieusement, je pense que ta grand-mère aurait été heureuse de voir que tu continues à vivre.

— Je le crois aussi. Je suis simplement blessée de voir qu'il a fallu que je la perde pour commencer à vivre avec moi.

Elle détourne les yeux, le regard brillant, et je replace l'une de ses mèches bouclées derrière son oreille en lui souriant tendrement.

— C'est peut-être con, mais quand j'ai perdu ma mère, j'aimais me dire que peu importe où elle était, elle me voyait. Alors dis-toi la même chose. Ce n'est pas parce qu'elle n'est plus là qu'elle t'a réellement quittée.

Un rire lui échappe et elle se relève en me repoussant doucement.

— Moi qui pensais jusqu'à il y a peu que tu étais un crétin imbu de toi-même et imbuvable, voilà que tu es plus romantique que moi et presque sage dans tes paroles. Comment suis-je passée à côté de ça ?

Je lui vole un baiser, bien trop satisfait de voir qu'aujourd'hui, il n'y a plus de faux-semblants entre nous. J'avais déjà conscience que Beth était bien loin de celle qu'elle laissait paraître devant les autres, mais celle que je découvre chaque jour me plaît de plus en plus. *Et c'est bien pour ça que je ne compte pas la laisser filer.*

— Aujourd'hui, je t'emmène quelque part. Je veux profiter de notre après-midi de libre.

— Ah oui ? Sans me demander mon avis ?

Elle me sourit avec provocation, l'air moqueur.

— Oui, sans te demander ton avis. Je t'embarque, quoi que tu dises !

— Et pour aller où ? poursuit Beth.

— Ça, tu verras. C'est tout près d'ici, donc on y va à pied, si tu te sens bien.

J'ai appelé ce matin pour réserver la salle et la gérante n'a pu qu'accepter mon offre à mon plus grand plaisir. Ce rendez-vous fera autant plaisir à Beth qu'à moi et bon sang, je crois que la chose qui me rend le plus impatient, c'est de voir son visage lorsqu'elle comprendra ce que j'ai prévu.

— Soit, je te suis. On part maintenant ?

— Quand tu es prête. Nous n'avons aucun horaire.

Beth plisse les yeux, visiblement curieuse, mais je ne dis rien pour autant. Je veux lire la surprise sur son visage, et voir ses yeux s'illuminer lorsqu'elle comprendra.

Sur le chemin de la salle, Beth ne cesse de me poser des questions et d'observer autour d'elle, et lorsque nous arrivons près du lieu de rendez-vous, je sors un ruban de ma poche, qu'elle observe avec amusement. Elle est trop curieuse et perspicace, je ne veux pas prendre le risque qu'elle gâche ma surprise.

— C'est ça ta surprise ? Tu veux me bander les yeux pendant qu'on couche ensemble ?

— Même si l'idée est plaisante, ce sera pour plus tard. Pour le moment, dis-je en la retournant, je vais m'assurer que tu ne vois pas ce que je t'ai préparé !

Elle ne bronche pas lorsque je serre le ruban autour de sa tête, puis je la pousse doucement jusqu'à un vieux bâtiment dans lequel nous pénétrons dans le silence. Nous avançons à petits pas, et je guide Beth pour monter les marches. Comme prévu, la pièce est entièrement déserte et tous les miroirs renvoient notre reflet alors que je m'approche de l'oreille de Beth pour lui parler.

— On y est… Tu es prête ?

— Quand tu veux.

Je dénoue délicatement le ruban, et le regard de Beth s'illumine en découvrant les barres de pole dance installées un peu partout dans la salle. Bouche bée, elle contemple la pièce avec admiration, jusqu'à reporter son attention sur moi, son regard brillant d'excitation. *Je savais que ça lui plairait.*

— Tu as réservé tout ça pour nous ?!

— Bien sûr. Comment j'aurais pu avoir un show privé sinon ?

Elle me toise avec amusement alors que je me recule pour m'adosser au seul mur qui n'est pas couvert de miroir afin de l'admirer. Si danser autour d'une barre lui fait plaisir, c'est l'observer qui me convient le mieux… Et j'ai bien l'impression que cette idée amuse Beth.

— Oh, donc tu t'es dit que j'allais bien sagement faire ce que tu me demandes ? rétorque-t-elle.

— Non. Le simple fait de te voir t'amuser déclenchera mon plaisir.

Beth lève les yeux au ciel, le regard aguicheur, puis l'une de ses mains s'enroule autour de la barre et elle tourne autour comme si elle hésitait à se lancer avant de s'arrêter et de me jeter un regard désolé.

— Ça me fait vraiment plaisir, mais tu es au courant que je ne peux rien faire avec un jean ?

— Alors ça tombe bien, car j'ai pensé à faire préparer une tenue plus appropriée…

Je désigne un sac dans le coin de la pièce d'un geste du menton, et Beth s'en approche, un énorme sourire aux lèvres. Elle l'ouvre sous mon regard observateur, et en sort un shorty et une brassière simple, qu'elle contemple avant de se tourner complètement vers moi.

— Est-ce que ça t'arrive de ne pas tout prévoir dans les moindres détails ?

— Évidemment. La preuve, je n'ai pas encore prévu comme se finit la journée. Je te laisse le choix.

Elle éclate de rire, sachant aussi bien que moi que la journée se finira comme les précédentes, même si je n'en dis rien. Je l'observe se changer de là où je suis, et elle me jette quelques œillades amusées tout en enfilant cette tenue minimaliste qui lui permettra de danser comme elle le faisait dans ce bar miteux.

— Merci de m'avoir emmenée ici, même si je sais que tu n'estimes pas ce sport, dit Beth en s'approchant d'une barre.

Je fronce les sourcils en l'observant, persuadé que je n'ai jamais dit ça.

— Je n'aime pas spécialement l'idée que des pervers viennent te mater, mais je n'ai jamais dit que je n'estimais pas ce que tu fais.

— Parce que toi tu n'es pas un pervers, peut-être ? attaque Beth, retrouvant sa hargne.

— Bien sûr que si, mais tu aimes ça.

— Tu es trop sûr de toi, Smith. Je crois te l'avoir déjà dit d'ailleurs, mais il faut croire que tu as la mémoire courte…

— C'est parce que tu me fais perdre la tête, continué-je, un sourire en coin sur les lèvres.

Moqueuse, elle me jette un dernier regard avant de s'approcher de la barre de pole dance et de s'élancer, l'attrapant des deux mains et donnant un coup de jambe pour prendre de l'élan et tourne. Beth sourit tandis qu'elle continue de tourner, exécutant des figures sûrement simples pour elle, mais qui me paraissent compliquées. Sa main vient rejoindre son pied, ses cheveux bouclés tombent en cascade, puis son corps se tourne dans l'autre sens et j'observe sa silhouette bouger sur un rythme qui n'existe que dans sa tête, les lèvres pincées.

Elle bouge avec grâce et souplesse, comme si elle avait fait ça toute sa vie, et lorsque ses pieds touchent à nouveau le sol, le sourire qui barre son visage n'a jamais été aussi grand alors que mon désir pour elle grandit aussi. *Est-ce qu'elle pourrait refaire ça chez moi, nue ?*

— J'ai la peau qui me fait un mal de chien, mais ça m'a manqué. J'espère pouvoir continuer à danser après tout ça, souffle Beth en caressant la barre.

— Compte sur moi pour te demander des démonstrations privées…

Je me décolle du mur pour m'approcher d'elle, une idée précise en tête et je plaque Beth contre cette barre, le souffle de celle-ci se coupant alors que son regard se pose sur mes lèvres. *Ne craque pas, Smith.*

— Je croyais que tu n'avais pas décidé de la suite du programme ? souffle-t-elle en collant son corps au mien.

— Ne prends pas tes désirs pour des réalités, chaton… Je te donne simplement la seconde partie de la surprise…

Je sors une carte de mon jean et la lui tends, fier de mon attention. Beth l'attrape, sourcils froncés, et elle tourne et retourne la carte entre ses doigts. Ses yeux s'écarquillent lorsqu'elle comprend son utilité, l'air ravi.

— Est-ce que c'est…

— Un abonnement, dis-je à sa place. C'en est un. Tu peux venir ici autant que tu veux, que ce soit pour les cours ou lorsque la salle est libre d'accès.

Je souris, fier de moi, mais alors que je m'attends à une tout autre réaction, Beth me repousse et s'éloigne pour se diriger vers ses vêtements et enfiler son pull et son jean, mettant fin à ce moment que je pensais pourtant bien parti. Elle n'a pourtant pas perdu son sourire, mais elle s'éloigne, et je déteste ça.

— Qu'est-ce qui t'arrive ? demandé-je en me passant une main sur le visage. Tu vas me dire que c'est trop et que tu ne peux pas accepter ?

Beth hausse un sourcil, puis glisse la carte dans son sac sans me quitter des yeux.

— J'ai l'air de la refuser ?

— Un peu…

Je l'observe revenir vers moi. Elle m'embrasse du bout des lèvres, l'air espiègle. *Je déteste quand elle m'embrasse comme ça… Parce que j'en veux toujours plus.*

— Je reviendrai avec plaisir. Merci, Smith.

— Alors pourquoi tu te rhabilles ?

— Ne sois pas déçu, je te ferai un show privé, me taquine-t-elle. Mais j'ai moi aussi prévu quelque chose cet après-midi, alors c'est à ton tour de me suivre. Tu me fais confiance ?

Durant de longues secondes, je ne dis rien, mais ce n'est que pour la forme. Je la suivrais les yeux fermés. Après avoir fait semblant d'hésiter, et après que Beth a fait semblant de croire à cette hésitation, nous quittons cette salle de danse, où elle reviendra prochainement, pour une destination inconnue. Je crois que peu importe l'endroit où nous nous trouvons, le principal est qu'elle soit à mes côtés.

Chapitre 28

Beth nous dirige à pied jusqu'à un endroit que je ne connais que trop bien, et une fois face à chez moi, je me tourne vers elle en la dévisageant, perplexe.

— Tu voulais me ramener chez moi ? Vraiment ?

— Oui. J'avais prévu de détourner ton attention en te faisant sortir, mais tu l'as proposé en premier.

— T'allais me piéger, en fait ?

Elle se pince les lèvres, ne voulant pas l'avouer alors que je secoue la tête en souriant. Je crois que je ne me suis jamais senti aussi bien que ces dernières semaines. Auparavant, j'avais mes amis, oui, mais je n'avais rien d'autre dans ma vie. Ma famille est déchirée, nous sommes incapables de nous entendre alors que nous étions pourtant soudés, à une époque, et ma vie sentimentale était désertique… jusqu'à Beth. J'ai enfin l'impression de profiter à fond de ma vie, et bon sang, qu'est-ce que ça me rend heureux. Alors peu importe ce qu'elle mijote, je la suis.

— Alors ? On y va ?

Je soupire avant de hocher la tête.

— Allons-y. Donc tu n'as pas piégé ma maison ?

— Non, mais pas loin…

Je fronce les sourcils, mais suis tout de même Beth jusqu'à l'intérieur. À première vue, tout semble normal, jusqu'à ce qu'une gamine qui ne m'est pas inconnue court après ma chienne en hurlant un « Nana ! ». Je me tends avant de me tourner vers Beth, le regard noir, pas sûr d'apprécier cette surprise qui ressemble plus à de la torture. *J'ai dit que je la suivrais partout ? J'ai peut-être un peu menti.*

— Je peux savoir ce que tu as fait ?

Beth soupire, coupable, et je sais déjà que mon cousin et sa femme se trouvent quelque part chez moi.

— J'ai fait ce que tu n'aurais pas fait. Comme tu l'as fait pour moi. C'est grâce à toi que j'ai retrouvé Imane, et je sais qu'à une époque, Liam était ton ami en plus de ton cousin. Vous savez vous entendre, on l'a bien vu pendant ces quelques jours à Dundee. Prends le temps de régler les choses avant que tu ne le regrettes.

Les bras ballants, je regarde Beth en sachant parfaitement qu'elle a raison. Oui, à une époque Liam et moi étions vraiment proches, jusqu'à ce que toute cette histoire avec Noémie nous sépare, et que les choses ne soient plus jamais pareilles. Je ne connais plus sa vie, je ne connais pas sa fille, nous avons tout raté. Nous sommes devenus deux inconnus avec le temps, et nous n'avons jamais rien fait pour combler ce vide.

Alors peut-être que le temps est venu de mettre tout ça derrière moi, de régler les choses une bonne fois pour toutes avec Liam, de laisser les querelles au passé.

— Depuis quand es-tu devenue si sage ? soufflé-je alors qu'Anna apparaît dans mon champ de vision.

— Je ne le suis pas. Mais j'ai pris l'habitude de jouer la comédie ces derniers temps. Rien ne coûte de le faire croire.

Elle me sourit, et je lui renvoie ce sourire avant de m'approcher d'Anna qui nous observe.

— Liam est sur ton canapé, dit-elle en avisant celui-ci. Curieusement, je n'ai pas eu à le forcer à venir.

— Est-ce qu'il est malade ? tenté-je.

— Non, je crois juste qu'il est enfin passé au-dessus de sa jalousie, rit-elle avant de me contourner pour rejoindre Beth.

J'avance dans ma pièce à vivre pour rejoindre Liam, évitant de justesse Nala et Charline qui jouent ensemble.

Une fois à hauteur de celui-ci, mon cousin m'observe, un sourcil haussé, attendant visiblement que je fasse le premier pas.

— Merci d'être venu, je suppose… commencé-je.

— Ne fais pas semblant, toi aussi tu es victime de ta copine, lâche Liam en souriant avec espièglerie.

— C'était ça ou je risquais de me faire virer de mon propre lit, rétorqué-je.

Je m'assieds à l'opposé de mon cousin, et celui-ci se redresse sur le canapé, reprenant un air sérieux. *Depuis quand n'avons-nous pas discuté de cette façon ?*

— Je ne vais pas y aller par quatre chemins, on est là pour mettre les choses à plat. Je ne te l'ai jamais dit, mais je suis désolé, Smith. Ne te méprends pas, si c'était à refaire, je ne changerais rien parce que ma fille est l'une des plus belles choses que j'ai pu avoir en plus d'Anna et de notre bébé à venir, mais je regrette de t'avoir pris la femme que tu aimais. Même si elle m'a choisi, elle méritait mieux, et toi aussi. Je suis désolé de t'avoir blessé et d'avoir détruit notre relation sans le vouloir.

Je me prends le visage dans les mains en entendant ces mots que j'ai tant attendus. Je lui en ai voulu pendant si longtemps pour m'avoir pris la fille que j'aimais étant gamin, parce que je le pensais responsable de sa mort… Puis le temps a passé et l'amertume s'est tarie. Je pense que ces excuses sont nécessaires, mais je lui en dois aussi. Le chagrin et la colère m'ont fait faire et dire des choses idiotes que je regrette. Liam a raison, rien ne sert de tourner autour du pot alors que nous savons tous deux où sont nos torts.

— Je te dois aussi des excuses. Tu n'es pas responsable du fait que Noémie m'a quitté… Elle a fait son choix. Et si elle est décédée, ce n'est ni de ta faute ni de celle de ta fille. Je suis sincèrement désolé d'avoir pu dire une chose pareille.

Liam hoche la tête, acceptant mes excuses de ce simple geste, puis il m'observe avec attention, les yeux plissés.

— Tu ne t'es pas encore excusé pour Anna.

— Et pourquoi je le ferais ? demandé-je perdu.

Il s'appuie contre le dossier du canapé, le regard à moitié noir.

— Tu l'as embrassée, et tu as essayé de la mettre dans ton lit.

— Oui, j'ai fait ça. Mais vous n'étiez pas encore ensemble.

Enfin… j'avais peut-être conscience du fait que les deux se tournaient autour, mais je n'en avais pas grand-chose à faire. Liam n'a juste pas besoin de le savoir. Aujourd'hui, je me moque de tout ça, je suis bien comme je suis, avec Beth.

— Très bien. Donc si j'embrassais ta copine, ça ne te ferait ni chaud ni froid ?

Je croise les bras, m'apprêtant à lâcher mon meilleur argument.

— Tu prendrais le risque qu'Anna te mette dehors ?

— Pourquoi je le mettrais dehors ? demande celle-ci de la cuisine.

— Pour rien ! dit-on en même temps.

Nous échangeons un regard lourd de sens avant d'éclater de rire, et ce simple son me fait un bien fou. J'ai l'impression de retrouver mon cousin, malgré tout ce qui nous a séparés. Et je dois avouer que j'aime l'idée de retrouver peu à peu ma famille.

— OK, je suis désolé d'avoir dragué Anna, capitulé-je.

— Dragué ? Tu as fait un peu plus que ça, continue Liam.

— Bon. Je suis désolé de l'avoir dragué et embrassé. C'est bon, là ?

Il hoche la tête, un sourire moqueur aux lèvres, et Anna et Beth nous rejoignent, discutant de prénoms avant qu'Anna ne vienne se blottir contre son mari, et que Beth se place près de moi.

— Vous ne vous êtes pas encore disputés, hein ? demande Beth.

— Bien sûr que non, pour qui tu me prends ? dis-je en souriant.

— Je te prends pour toi, dit-elle, sérieuse.

Je lève les yeux au ciel, ne la contredisant pas pour autant. Je ne suis certes pas la personne la plus posée, mais je sais avoir une discussion sérieuse.

— On a discuté et on a mis deux-trois choses au clair, explique Liam.

— Bien. Parce qu'avec Beth, on a eu une idée, poursuit Anna. On s'est dit qu'une fois par mois, on pourrait faire quelque chose tous ensemble.

— Et vous ne voulez pas non plus qu'on fasse un câlin général en chantant des chansons ? raillé-je.

Beth me donne un coup de coude, et je grince des dents. Je veux bien faire des efforts, mais Anna et Beth en demandent peut-être un peu trop. Je ne suis pas de ceux qui passent leur vie à faire de grandes réunions de famille, justement parce que nous avons été longtemps séparés, et ça ne changera pas pour le moment.

— Smith a raison, laissez les choses venir plutôt que de tout manigancer dans votre coin. C'est déjà pas mal qu'on ait pris du temps pour mettre clarifier les choses. Et je pourrais faire bien mieux de ce temps, dit-il en jetant un regard lourd de sens à Anna.

Celle-ci rougit alors qu'on échange un regard exaspéré avec Beth. Je n'ai aucune envie de savoir ce qui se passe dans leur chambre. Je me lève, prêt à ne plus en entendre parler, et je jette un regard à Liam.

— Vous restez si je vous invite à boire un café ?

— Moi je peux avoir de l'orange ? intervient Charline.

— Du *jus* d'orange, Charline, la reprend son père.

Charline repart avec Nala indifférente à cette remarque, pour nous laisser à nouveau entre adultes.

— Je suppose que c'est un début, soupire Liam.

Il se lève avec sa femme pour rejoindre mon coin cuisine, nous laissant seuls avec Beth. Elle se lève du canapé et s'approche de moi pour poser une main sur mon torse, nos yeux se cherchent pour ne plus se lâcher. J'ai l'impression qu'entre nous, quelque chose de solide est en train de se construire, et j'aime cette idée.

— Vous avez vraiment mis les choses à plat ? demande-t-elle.

— Oui. Enfin, on s'est excusé pour nos torts respectifs. Je suppose que c'est déjà bien. Merci d'avoir organisé ça.

— Donc tu avoues que mon idée est bonne ? renchérit Beth.

— Non, j'avoue que les conséquences de ton idée désastreuse ne sont pas si mauvaises.

— Moi, je trouve surtout que cette comédie entre nous n'est pas si désastreuse, dit-elle en souriant.

Je lui pince la hanche ce qui lui tire un rire rauque, puis j'écrase mes lèvres sur les siennes comme j'en meurs d'envie chaque fois que nous sommes dans la même pièce. L'une de ses mains remonte jusque dans ma nuque pour approfondir notre baiser tandis que je viens plaquer ses hanches contre les miennes, avec la tentation de congédier nos invités pour l'emmener dans ma chambre, là où je pourrais enfin lui montrer l'étendue de ce qu'elle me fait éprouver. Mais au lieu de ça, je romps cette étreinte, et je laisse Beth me guider jusqu'à mon îlot central en tenant fermement sa main dans la mienne.

Cette comédie m'a apporté bien plus que ce que j'espérais. Ces sentiments que je pensais irréels se sont trouvés être bien plus sincères que je ne l'imaginais et mon propre cœur en a été surpris. Parfois, la vraie comédie ne se trouve pas dans nos actes, mais dans notre cœur, car celui-ci ne sait pas encore qu'il a trouvé sa moitié. Alors à présent que j'en ai pris conscience, je profiterai de chaque instant. Sans faux-semblants. Uniquement la réalité : Beth, et moi.

Épilogue
Beth

Six mois plus tard

Je zigzague entre les invités pour rejoindre ma sœur, Tray, Liam et Smith dans le jardin de ce dernier. Ces quatre-là plaisantent gaiement tandis que Polly et Anna parlent bébé, leur point commun. Charline et Lilia jouent avec Nala qui est pratiquement à sa taille adulte, et j'ai l'impression d'être au milieu d'une grande famille. Tout est bruyant, les rires résonnent et les discussions fusent. C'est précisément ce que j'aime et ce qui me donne pour la première fois l'impression d'être entourée.

— Beth ! C'est vrai que Smith et toi partez en voyage ? m'interpelle Imane une fois que je suis à leur hauteur.

Je jette un regard moralisateur à Smith qui me sourit comme si de rien n'était. Je savais qu'il ne tiendrait pas, il ne sait pas tenir sa langue.

— Tu as vendu la mèche ? le sermonné-je.

Il se mord la lèvre, ses yeux dans les miens alors que tout le monde nous observe, et je sais toujours lorsqu'il ment, car ses yeux disent la vérité.

— Oui, mais c'était pour ne pas gâcher l'annonce de nos fiançailles ! poursuit Smith.

— C'est vrai ?! répond Imane, l'air joyeux.

Je me tourne vers nos spectateurs, l'air sévère. Smith sait parfaitement que je ne plaisante pas avec ça, et c'est précisément pour cette raison qu'il semble si amusé chaque fois qu'il le dit.

— Non, ce n'est toujours pas vrai. Tu peux arrêter de dire à qui veut bien l'entendre qu'on est fiancés, Smith ?

Il me sourit avec espièglerie, l'air innocent, comme toujours. *Quand je dis qu'il ne sait pas se taire.*

— Pour quoi faire ? C'est si drôle de te voir t'énerver, et si tu voulais vraiment que j'arrête, tu retirerais ça, dit-il en attrapant ma main toujours ornée de sa bague.

Je plisse les yeux avant de secouer la tête, habituée à ses plaisanteries quotidiennes depuis que j'ai définitivement déménagé ici.

— Tu essaies simplement de détourner le sujet parce que tu n'as pas tenu jusqu'au dessert pour notre voyage.

— Peut-être bien. Mais pour ma défense, Imane posait beaucoup de questions.

— Eh ! Ne rejette pas la faute sur moi ! se plaint ma sœur.

— Tu devrais t'y habituer, il fait ça tout le temps, renchérit Tray.

Imane rit de bon cœur, et je l'observe en souriant, le bras de Smith à présent autour de mes épaules. J'aurais aimé que ma grand-mère voie ça. Imane vient d'avoir douze ans, elle semble plus qu'épanouie, et j'aime la voir prendre peu à peu place dans ma vie. J'ai obtenu mon diplôme, Smith aussi, nous avons emménagé ensemble, fait des plans pour l'avenir. Je vois enfin un futur prendre forme, et c'est une joie immense.

Après que les garçons ont fini de sortir tout ce qu'il faut pour le repas, nous nous regroupons autour de la table à l'extérieur, les deux plus jeunes enfants continuant de jouer dans le jardin, et alors que tous nos amis prennent place, Smith me tire à part.

— Tu es sûre de toi ? On annonce notre départ aujourd'hui ? me demande-t-il.

— Tu as déjà vendu la mèche de toute façon, le taquiné-je.

— Je suis sérieux Beth.

Je relève la tête pour croiser son beau regard gris, un sourire tendre aux lèvres. Comment pourrais-je ne pas l'être ? Smith a fait tomber toutes mes barrières. Il a réussi à m'atteindre plus que n'importe qui, et avoir la possibilité de réaliser mon rêve à ses côtés est une occasion que je ne raterais pour rien au monde. Je suis complètement amoureuse de lui alors il ne devrait pas douter, parce qu'il n'y a pas de place pour le doute dans mon cœur.

— Oui, je veux toujours partir avec toi.

— Bien. Parce que de toute façon, je n'avais pas l'intention de te laisser te défiler Alors, on leur annonce, ce voyage ?

Il me tend sa main, avec un sourire en coin, et je glisse mes doigts entre les siens. Nous prenons place à table, tous les regards tournés vers nous, et c'est Anna qui rompt le silence en premier.

— Bon, c'est quoi cette histoire de voyage ? J'espérais pourtant que vous seriez là pour la naissance du bébé ! plaisante Anna.

Je souris à celle que je n'aurais jamais cru appeler mon amie. Elle est presque au terme de sa grossesse, et je pense qu'on aura le temps de rencontrer le nouveau membre de la famille White avant notre départ.

— Vas-y Smith, je sais que tu meurs d'envie de le dire, dis-je en lui souriant.

— On part pour l'Égypte, annonce-t-il avec excitation.

Tous nous dévisagent, surpris, alors que sa main sert plus fort la mienne.

— Mais… ce n'est que pour des vacances ? s'assure Imane.

Je souris à ma petite sœur, touchée par son inquiétude.

— Non, ce ne sont pas des vacances. Smith et moi, nous partons pour un stage d'archéologie en Égypte pour huit semaines.

J'observe tous les visages présents autour de la table en souriant, jusqu'à ce que mon attention se porte à nouveau sur le visage de Smith. J'ai croisé les doigts pendant des semaines pour que nous soyons acceptés ensemble après notre diplôme et quand les résultats sont tombés, j'ai bien cru que c'était une blague tant les choses me paraissaient irréelles. Mais tout était vrai, Smith et moi partons dans un petit mois pour des fouilles terrestres à Alexandrie, et je suis surexcitée à l'idée de partager ça avec lui.

— Félicitations, c'est une belle opportunité, nous félicite Liam, sur la retenue, comme toujours.

— Une belle opportunité ? C'est bien une remarque de PDG coincé ça ! rétorque Tray. C'est un truc de malade, félicitations !

Liam lève les yeux au ciel en souriant, à présent habitué aux remarques de Tray, puis il continue de débattre quant au prénom à donner à sa future fille avec Anna. Tray se fait sermonner par sa femme pour ses remarques, et Imane continue de nous observer, Smith et moi, le visage décomposé. *Je savais que lui annoncer serait compliqué…*

— Beth ? m'appelle Imane. Je peux te demander quelque chose ?

— Qu'est-ce qu'il y a ? demandé-je doucement.

— Je… Enfin… Vous allez revenir, n'est-ce pas ?

J'attrape de ma main libre celle de ma petite sœur par-dessus la table pour la réconforter. J'ai obtenu le droit de la prendre à la maison un week-end par mois et je ne compte pas y renoncer. Je ne la verrai certes pas durant huit longues semaines, mais à notre retour, elle ne pourra plus se débarrasser de moi.

— Oui, on va revenir, je te le promets.

— Dommage pour toi, tu vas encore devoir me supporter ! la taquine Smith.

Elle sourit à mon copain, rassurée. Avec le temps, ces deux-là sont devenus proches. Imane s'est habituée à la maison de Smith, à nous voir ensemble… Je retrouve peu à peu ma petite sœur, même si je ne pourrais jamais rattraper les années perdues. Imane rejoint Charline et Lilia pour jouer avec Nala en riant de bon cœur, nous laissant avec Smith, celui-ci me fixant avec un sourire charmeur. *Pourquoi doit-il être si craquant même lorsqu'il est agaçant ?*

— Allez, laisse-moi le dire, me demande-t-il pour la énième fois.

— Je t'ai déjà dit non.

— Pourquoi pas ? Maintenant que c'est vrai…

— Smith. On a dit après la naissance de leur bébé, dis-je en désignant Anna.

— Donc pour une fois que c'est vrai, je dois continuer à faire croire que c'est une blague ? Laisse-moi leur dire que c'est vrai…

Je m'approche de lui et lui vole un baiser, restant tout près de son visage, une main sur sa cuisse.

— Tu dois encore attendre, soufflé-je. Ma réponse n'aura pas changé dans un mois, alors patience.

— Tu devrais pourtant savoir que je ne suis pas quelqu'un de patient.

Il ponctue son propos en me soulevant pour me faire grimper à califourchon sur sa chaise et j'éclate de rire, le visage sûrement rouge à l'idée que les autres nous voient dans une position pareille, mais ce n'est pas ce qui arrête Smith. Il dépose ses lèvres sur les miennes avec ferveur, le regard taquin et les mains baladeuses. Il me souffle un « je t'aime » entre deux baisers, avant de plonger ses yeux dans les miens tout en caressant ma bague.

Il m'a demandé officiellement d'être sa fiancée il y a quelques jours…

Et j'ai vraiment dit oui.

Remerciements

Quand j'ai commencé à écrire ce roman dans mes notes, je ne pensais pas qu'il finirait entre vos mains. Beth et Smith n'étaient pas destinés à avoir leur histoire, et je suis très heureuse que vous puissiez la découvrir.

Je voudrais dire merci à mes proches, ma famille, mes amis, mes bêtas, pour leur soutien et leur bienveillance au quotidien. Merci à Nisha, à Zoé, mon éditrice, et Savannah, pour tout leur travail et leur gentillesse.

Et enfin, merci à chaque lecteur de prendre le temps de découvrir mes romans, car c'est grâce à vous que le rêve continue !

Impression CPI Firmin Didot en février 2022
ISBN : 978-2-38015-361-3
N° d'impression : 168589
Dépôt légal : février 2022
Imprimé en France